中間的人

石芳瑜 著

寶兒姐有一種把平凡的生活變得魔幻的能力。在她筆下，童年的澡堂、深夜販售食物的吆喝聲、開美容院、吹小喇叭……都彷彿巷口雜貨店裡的水槍、紙娃娃、泡泡膠那麼繽紛多彩，讓孩子看呆了眼。當然，那是童年的眼光，每個孩子都覺得生活很魔幻。寶兒姐特殊的地方，是她把童年的眼光帶進青年、中年。於是，內衣、年菜、按摩、買豆漿、去國外探險、去花蓮上學、體驗鹽水蜂炮、跳舞、聽別人八卦……彷彿愛麗絲遊歷仙境，都很好玩。但在好玩中，也有傷心也有殘酷也有遺憾也有懷舊也有無言以對的時刻，畢竟遊戲的本質是嚴肅的。不知是寶兒姐藏得很好，還是她就是傻大姐性格，把這些傷心一笑輕輕放下。雖然我們年紀有點距離，但她在書中寫到的許多事我都有共鳴，我的內衣也是母親買的（今天還是），我也喜歡換紗窗玻璃的聲音，我也在上館子吃年菜多年後，自己在家煮簡單的年菜……離中間的歲月還有一段距離，希望當我成了《中間的人》，也能像寶兒姐那樣優雅幽默自信並可愛啊。

——林蔚昀（作家）

目次

輯二 小風景

輯三 感情教育

輯四

中間的人

推薦序

半百少女心的中間哲學

文自秀

人生需要勇敢，但是中間勇敢就好；人生需要浪漫，但是中間浪漫就好；人生需要努力，但是中間努力就好，人生需要完美，但是中間完美就好……讀完了這本《中間的人》，心中浮起了這般地感受。

「我一直都很喜歡一首歌，叫做《中等美女》。」有一個下午，和寶兒（本書作者石芳瑜小姐的暱稱）喝著咖啡，她用著滿臉愉快少女模樣的神情，告訴著我。這是一九九三年，歌手剛澤斌收錄在專輯《妳在他鄉》裡面的一首歌曲，當中有段歌詞是這麼寫的，「中等美女，我最常叫妳的一句。事隔多年，但是卻經常想起。這話不知該從何講起，走了一圈仍是妳。妳躺在我的胸口，均勻地呼吸，感動直達心最底。」望著這個相識十年，定期相約碰面，甚至一起出國旅行的好友，我倆性格明顯不同，有時還會吵嘴不理對方幾個小時或是幾天。但這樣磨著磨著，知道了彼此不造作的真心，以及吵架是為了對方好的善意，遂慢慢生出了堅定的友情。

這位在書裡面，不認為要成為「人上人」，只想當個「人中人」，還說自己早早「得道」的寶兒，我稱她是「半百少女心的中間哲學」。

特別是翻閱書稿時，更不禁要為這個只想當個「人中人」的半百少女喝采，因為她用著一路朝向當「中間的人」這樣的路徑前行，卻能不間斷撰寫文章，開辦獨立書店，舉辦無數的作者活動，還出版了好幾本書。

讀到〈柚子與女人〉這篇，描述女性來到中年，身上多出了幾斤肉，寶兒是如此用效法柚子的精神，化解了對於歲月的執念，「美的定義，確實不單是皮肉相。當皮囊日漸皺去時，但願多一點坦然與智慧，還有年輕時較缺少的溫潤甜美。」卻也還不忘幽默且自我催眠式的要先生認可著，「是不是漂亮的中年女人？」這樣子的豁達，更讓讀者會心一笑了！

在〈老派與老花〉這篇更重新定義了「老花」的意思，她說「老花」分兩種，一種是「老來眼花」，另一種則是「老來花心」，前者「誠屬自然」，後者「頗有危機」，並且舉了馬奎斯的《愛在瘟疫蔓延時》書中所寫，「離死亡愈近，愛得就愈深。」寶兒的見解是，「倘若人生是一趟旅行，越是接近終點，越是讓人奮不顧身、一無所求。」但看這番不過於辛辣的文字，卻恰恰點出了中年人深藏於心底，對於「浪漫之愛」的渴求。

而在〈就這樣結束一家書店〉這篇裡，寶兒講述了自己從二〇一一年開書店，一直到二〇一九年結束書店的心路歷程，她引用九〇年代日劇《長假》的一段經典台詞，「倘若有一段時間做什麼都不顧就當作是老天爺給的長假。……假期過後，人生轉變的契機就會來來臨。」這也是寶兒經歷十三年家庭主婦的生涯後，選擇在人生的中間，開了一家名為「永樂座」的書店。店名的發想，來自於二〇年代創立於大稻埕如今已消失的同名劇院，這也是她心中朗朗知曉，天下怎有不散的筵席，或許在某一天她的「永樂座」書店也會消失。有此豁達，也能在書店經營八年後，選擇歡樂派對的形式，和書友們告別。更以便宜的租金租給了經營出版社的朋友，這個朋友恰恰就是我呀！

而我個人最喜歡的一篇是〈牽父親的手〉，文中寫著中年的女兒，去探望病中老年的父親，想起小學時每天被父親牽著手去上學，而成年之後，卻反而很少再有機會能讓父親牽起她的手。這次已為人母多年的那個女孩，主動牽起了父親的手，而曾幾何時，高大的父親像個大男孩了，殷殷期盼著，女兒往後可以常常回家探望他，於是寶兒寫道，「這一次，我們都決定做聽話的孩子。」而我的眼角，也濕潤了起來。

當你讀完這本書，一定跟我有相同體會，這是一本很真誠的著作，不僅作者用自己從小到大的生活經歷來闡述人生，更是對於生命走向每一個階段，建議可以如何自處的良伴。

無論現在的我們幾歲，是二十？三十？四十？五十？……或是八十歲，時時都有「中間時刻」的來臨與發生，就像是學校畢業了等待就業，就像是孕期中等待小寶寶的降臨，就像是工作經年後決心自行創業，就像是退休後打算展開樂活人生，這林林種種的「就像是」，何嘗不是我們的會逢其適。願每位「中間的人」，就像是寶兒書寫本書結語時的深深期許，用她生活中的點滴，「讓讀者在閱讀時能照見自己，便是萬幸。」

（文自秀，台灣藏書家，現職為有度出版社社長，創辦世界第一家立體書博物館並擔任創館館長。）

自序

中間的人

多年前出書的時候，上一位前輩作家的節目，因為是我哥的同學，知道我年紀不輕了，因此問我：「妳為何這麼晚才寫？之前都在幹嘛？」我笑一笑回答：「我都在玩。」

說玩也不準確。其實是方向不明確加上做事不努力，怕痛、怕受傷。確實很多事情覺得好玩，好玩就試看看，因此多才藝。倘若太辛苦，便早早放棄，很怕努力到最後還是辦不到，那樣的失落感太強。連對待感情也是一樣。好處是輕輕鬆鬆、不爭不搶，自己都以為這樣叫做豁達或淡泊。還有一點點的聰明才智懂得趨吉避凶，生活也就多半順風。

我猜想很多人跟我一樣。我們是屬於中間的人。

「中間的人」開始上班，也有足夠的聰明處理工作上的事務，但不夠聰明分辨老闆是否壓榨，我們是聽話的上班女郎。所幸剛好遇上了黃金的九〇年代，我們相信戲棚下站久了，總會有自己的一片天。公關工作忙碌異常，但客戶變化萬千，真的好好玩。

結婚是因為家人催，趕在適婚年齡快馬加鞭。相親加上運氣，也就搭上了車。生孩子也是如此，覺得小孩可愛，一定好好玩。

結果發現生孩子不好玩。婚後生活型態的轉變巨大也不好玩。更別說還有產後憂鬱、前中年焦慮等等。看著以前的同事開拓事業，看著自己整天奶水尿布，且日益臃腫。

中間且快樂的人是因為嘗到了苦，才懂得要努力或轉變。就像戀愛必須經過失戀，才有了深刻，才想要重生。否則有如身陷流沙，慢慢會滅頂。所幸閱讀成了我的浮木，網路和寫作成了出口。閱讀擴大了我的世界，療癒了生活的瑣碎。閱讀也讓人不感到寂寞，除非你愛上了作家，否則失去也不會痛徹心扉。

轉變之二當然是開了書店。開書店的契機其實是因為懷疑自己的寫作天分。起步太晚，此刻「中間的人」已經來到了中年。

可是開書店對過去的朋友而言，又是一種復活。他們驚訝我原來沒有沉溺於安逸的婚姻生活，而且還讀了那麼多書（其實也還好）。後來的朋友則驚訝我這樣一個安逸的主婦，下決定卻快如閃電（我做事講求效率）。

但安逸不表示內心平靜，我記得那些苦悶的時時刻刻，有許多時間回憶起過往的點點滴滴，時常波濤洶湧。我清楚這不是我要的生活，至少不是全部，於是開起了書店。

書店的生活加快了腳步，我開始大步追趕。我這才發現時間沒有所謂的浪費。

時間是一個中性的物質，即便你覺得自己曾經暫時擱淺，或是轉了彎。時間依舊往前，經驗依舊會累積，只要你不自我放棄，只要你依舊在路上。

書店生涯於我是一段高轉速的歧路風景，苦與甜都因此濃縮，為了書店，我被迫做了各種努力，只因為我不捨得放棄。奇妙的是，在如此疲憊的情況下，我卻填補了許多養分，又開始想寫作了，而且不覺得太晚。

那些走過的歧路都是風景，而那些風景也都成為了你。寫作和工作時，我深深感覺如此。

比較起一些經過大風大浪、大起大落的人，我一生多順遂，但其實大都是歧路織成的風景。

高中時是文藝少女，寫詩、編校刊，大學讀圖書館，畢業後從事公關業，出國讀傳播所。一路上男朋友換了好幾個，最後卻閃婚訂終身，退出了職場。孩子給了我承受痛苦的能力，但更苦的是我以為不再會有改變的平淡生活，過往輕輕且快速晃過的人生，在日子變慢之後增加了厚度，發現了新的意義，接著我寫作、開了書店，又跑到花蓮讀創作，最後收了書店。

轉了好幾圈，其實我最喜歡還是讀與寫。

比較起一些書癡朋友，我想我多了一些人生歷練，見過更多類型的人。比較起一些商場上的朋友，我確實很喜歡讀書。我喜歡現在的自己。

至於我年輕時為何那麼怕痛、怕挫折？或許是我小時候受過什麼傷，但這已經不必追究，都已經過了太久。

然而覺得痛苦、覺得某條路很難走下去，就試著換一條路走吧，不要管別人怎麼想，就算別人覺得你幸福，因為每個人要的幸福都不一樣。有一次，我在一場「二度就業」的講座上這麼說，有個年輕的女孩子當場紅了眼眶。

有時我會想，倘若我當時不結婚，或是不生小孩，日子會怎樣？倘若我年輕時就很努力，或者更聰明一點，那又怎樣？倘若我把初戀男友搶回來，那又怎樣？其實也不會怎樣，就是往另外一條路上走去。而那些路上，也會有一些崎嶇，還有我現在看不到的風景。而且人生如果重來，即使現在幸福，只要我依舊好奇，我可能還是會選擇不一樣的路。但我也不會後悔當下的決定。

或許還是慢了一點吧，相較於那些比我年輕又比我努力的人。但我終究來到了自己的小山頂，這是年輕時的我到不了的地方，其實我已經不那麼怕痛了。而且我也不怕走下坡，畢竟知道自己只是一個中間的人，不那麼好高騖遠，卻還是看過許多風景。當然會繼續走，也許不會再繞大圈，但是不介意仍有歧路。接受自己記性漸漸差了，也就不害怕失去，真的有了些豁達，這倒是年輕人甚或是一些中老年，無法達到的心境。

出版社認為我經歷「奇特」，勉我多寫一些中年啟發，讓讀者參考。少女時我確實懵懂喜歡過哲學，但那僅是因為我對世界有太多困惑，且人各有路，我能做的也就是擷取這一路上花花綠綠的小風景，淘選一些有意思的塵埃往事，談一談自己所受的感情教育，勉強夾雜幾篇人生感懷，如此而已。

這兩年承蒙幾家報社邀稿，多是短文專欄，我甚愛小品，再加上剛「出道」那幾年在副刊上發表的散文和得獎作品，文章長短不一，我自以為錯落有致。在此要謝謝《蘋果日報》的副總編郭淑敏、《聯合報》副刊的立安，以及其他報刊的編輯們。也要謝謝木馬文化的陳蕙慧、陳瓊如，以及我的家人。

我一直喜歡向田邦子的文字，她的小說如棉裡針，細細瑣瑣裡盡是碎片稜角，每個人物都有傷，折射出世界的悲歡離合；但她的散文卻如棉線，喃喃串起的是那些針孔縫隙裡透出的光，那麼溫潤，而且可愛。我沒有向田那麼曲折的經歷及隱藏的秘密，但有一點相似的爽朗，以及我自己的迷糊與彆扭。倘若能如她一、二，讓讀者在閱讀時能照見自己，便是萬幸。

輯一

微風往事

第一次

・第一次上街買東西

你大概不記得自己第一次上街買東西是什麼時候、買些什麼了吧？我還記得喔，很了不起吧？

一定是妳媽告訴妳的啦。你想。

不好意思，也不是喔。

揭曉這個看似無聊的謎底前，或許你還記得小時候讀過一本繪本。筒井賴子所寫、林明子所繪的《第一次上街買東西》。書上五歲的小惠，第一次幫媽媽上街買牛奶，那可是個肩負重託的大冒險。一下子有腳踏車衝過來、一下子又跌倒，零錢滾到了馬路上……。我記得當時讀給女兒聽時，她也握緊了拳頭。畢竟一個人過馬路買東西這件事，對小朋友來說實在太刺激了。

我第一次上街買東西當然也很刺激。倒不是因為要過馬路，我只需拐出巷口，走一段路就到目的地。我是去藥房幫自己買奶嘴。不是幫弟妹，也不是幫任何人，不是奶瓶的奶嘴，是我成天含在嘴裡的安撫奶嘴。

我至今仍記得我心愛的奶嘴美好的形狀。它是橡膠做的，黃色，個頭頗大，口感Q彈，它不像後來那些小個頭、塑膠材質的白色安撫奶嘴，中後段還有一塊圓圓的板子，那個氣勢實在太弱了。我的「小黃」材質較厚，呈中空形狀，它渾然一體，吸起來非常有力。因為後面是空的，我甚至會裝水，把我的奶嘴拿到冰箱的冷凍庫冰起來。夏天做成我的「奶嘴冰」，吸起來更清涼帶勁了。

我對自己在奶嘴的吸法上不斷求新求變，感到非常得意，小小年紀，簡直天才。但這件事情對我父親而言刺激更大！因為我已經五歲了，居然還在吃奶嘴。傳說一直吃奶嘴嘴唇會翹、門牙會暴（那時還沒有口腔期不滿足這個說法），當時也沒有齒列矯正的技術，我父親死命要改掉我吃奶嘴的惡習，就怕我長大成了大暴牙。他先是在奶嘴上塗辣椒、薄荷油，不斷嘗試塗上各種刺激物。但，一個五歲的孩子難道不會拿去洗嗎？後來父親不得已，便狠心把我的奶嘴前端打個洞。打洞的奶嘴只能拿來喝牛奶，含在嘴裡就吸空氣了啦。於是我再也顧不了女童的羞恥心，自己上街買奶嘴。

倘若你問我奶嘴一個多少錢？啊，如今我的記性往往如金魚般短暫，但是我仍記得當時那個可愛的、發著黃金光芒的奶嘴，一個五毛錢。我像小惠一樣，手中握著五毛銅板，心臟撲通撲通跳，自己上街買東西，鼓起勇氣跟老闆說：「我要買奶嘴！」彼時我大概五歲，民國六十一年左右的事吧。

或許你會問：「少騙了，妳爸爸不給妳吃奶嘴，妳哪來的錢買？」

啊，這又是另一個勵志的小故事了。

・第一次打工就上手

還沒上小學時，家住大龍峒，母親跟親戚租了個店面開起美容院，美容院後頭還隔了一個房間，我們全家就住在裡面。自我能站、能跑、有記憶開始，我的世界裡就充滿著女人，入門時披頭散髮，出去時像雲朵一樣美麗。

美容院做女人的生意，不光是洗髮、剪髮、燙髮而已。母親還幫人修指甲、塗指甲油，偶爾也兼賣一些化妝保養品。

我記得有一款「珍珠膏」說是裡面摻了珍珠粉，珍珠值錢，但磨成粉的珍珠倒還好，抹在臉上自然應當光彩奪目，主要是那個香氣，讓人一聞就喜愛。我站在鏡子前，偷偷抹了一些在臉上，即使年紀很小，也感覺自己芳香四溢，像個仙女了。

母親的皮膚好，推銷這款珍珠膏很具說服力，我年幼，皮膚自然更好，加上試用結果美好，於是有樣學樣，自個兒爬上桌子，站在上面大聲吆喝：「人客，你們看我就是用這款珍珠膏，所以皮膚才會白泡泡、幼咪咪。」

只見大人們個個眉開眼笑，誇我聰明會做生意，好幾個太太當場就掏腰包。我受到振奮，當真以為自己是了不起的銷售高手，母親也樂得開心，一次次讓我「上台」表演，殊不知小孩子皮膚細嫩本來就天經地義。

幫媽媽推銷化妝品，完全是義務站台，沒有抽成，一派天真，算是良心事業。

我年幼時嗜吸奶嘴，一吸吸到六歲，癮頭很大。父親決定幫我戒斷，偷偷在奶嘴上塗辣椒，最後乾脆打洞讓我吸空氣，但正所謂「道高一尺、魔高一丈」，五歲娃兒難道不會自己買嗎？只是錢從哪來？我急中生智，就升起了做生意的念頭。

我記得彼時母親幫人修剪指甲擦指甲油十元，手腳都修整便是二十元。幫人剪指甲太過危險，但擦指甲油就有趣了，而且擦別人的指甲也比擦自己的容易。於是我招來附近的鄰居小孩，宣告我的「美指小鋪」即日營業，擦好一雙手只要一元，手腳齊上只要兩元，價錢是大人的十分之一。於是小朋友開始奔相走告，很快我就在自家的店門口做起生意。指甲油原料是母親的，門口就是店面，完全是無本生意。

我記得一開始每天總能吸引到兩三個小朋友排隊讓我擦指甲，買奶嘴的基金也就綽綽有餘。也不知道是小朋友乏了，還是我自己倦了，我這獨門生意慢慢也就門可羅雀、宣告歇業了。

幾年前我「重出江湖」開起了書店，也不知是景氣還是行業，生意總不太好，不免懷疑自己不是做生意的料子，忽然憶起年幼時光，真不知是哪來的靈感和勇氣？即使恍惚一現，也夠讓人無限懷念了。

澡堂鹹酸甜

六歲之前，我們住的房子沒有私人浴室。彼時租屋在大龍峒，記得那房子好長，恍如兩節巨型車廂，夾在左鄰右舍之間。陽光只能照進大宅兩端及中間的天井，其餘的房間終年昏暗。大宅分成兩段，一段隔成一間間小房出租，有光的天井便是房客們洗澡、如廁的地方，另一段則是房東經營的日式澡堂。那是個奇異的大人世界，記憶中，在裡面穿梭的多是有錢或有閒的歐吉桑。

從我們住的這頭通往澡堂，必須穿過一條黑暗走道，那裡不時有老鼠飛竄而出，吱吱聲在廊裡形成縈繞不絕的回聲，加深了恐怖的氣氛。有次我正要拔腿急奔，不料卻踢到一隻巨鼠，牠大概也嚇得魂飛魄散，就這樣，我們在狹道上四眼對望，直到我再也忍不住，放聲大哭起來。

穿過黑暗走廊，通過那有如電影《神隱少女》裡終年燒著木炭、劈啪作響如怪物般吞吐著火舌的大爐，來到煙霧氤氳的澡堂，旋即溜進無人的個人湯室，躺在石子做成的乾爽浴缸裡睡覺，清涼感從頭頂直達腳心，沒有冷氣機的童年，那裡就是我的避暑天堂。

我不曾在個人湯室裡泡過澡，我的童年浴缸只是一個紅色的塑膠盆。夏日的黃昏，幾個小孩的澡盆在天井裡一字排開，我們光著屁股打水仗，兒時還不懂得害臊，如今回憶起來還有幾分甜蜜哩。

房客中的大人們不好在大庭廣眾下赤身裸體，同樣在天井洗澡，卻是窩在一片搖搖欲墜的木板門後，而緊鄰那個簡陋浴室的便是臭氣沖天的廁所，因此大人們洗澡從來都不是享受。我們小孩上廁所同樣實行野放政策，蹲在乾淨通風的小水溝上，說什麼也比關進爬滿蛆蟲的廁所要強。

通常，只有在客人特別少的日子，我們才能到彼端的大眾澡堂免費泡湯，享受一點奢侈。那時民風保守，房東經營的大眾池只有男湯。我因為年紀小，性別顯得模糊，房東才特別通融，讓父親夾帶入場。

大眾澡堂裡有一大池，一小池。客人須自備臉盆，將小池的水舀出來，先把身子洗淨了，再進入大池子裡，讓身子泡得紅通通。

和一群大人在大池子裡載浮載沉，舒不舒服已記不清楚，只記得那水是真的燙，每個人露出半截光溜溜身子，看上去都像是漂在湯上的香菇肉丸。

有時客人真稀少，父親便將我和哥哥丟進小池裡泡，不過這事若是不小心給房東親戚知道，免不了又是一頓囉嗦，說我們真沒公德心。但父親不這麼想，小池水淺，安全嘛！再說，小孩的身體能有多髒？

而印象最深的是某次泡在大池裡，天花板的玻璃突然從天而降，正巧砸中我的肩頭，當場把哥哥和爸爸嚇壞了，也把我給嚇昏了，至今都懷疑那是一場惡夢。

發生那次慘案之後，我們很少再去澡堂泡湯。大眾澡堂的生意也跟著一落千丈。偏偏，玻璃掉下來還不算是最嚇人的。那時房東有個正值青春期的兒子，仗著地利人和之便，偷看個人湯室的女客洗澡，不巧被人抓個正著，還引來警察登門關切。老闆兒子偷看女人洗澡的缺德事，沒多久便傳了開來，再沒有年輕女客敢上門了。

不久後，我們搬進公寓，總算有了私人浴缸，也脫離在眾人前袒胸露背的歲月。慢慢地，幾乎家家戶戶都有了馬賽克拼出來的美麗浴缸，房東經營的澡堂再也燃不起鄰居上街洗澡的熱情，昔日的豪華享受，如今卻像是那塊破裂掉落的玻璃那般難堪，而池子裡那些刷不掉的污漬，也像是人們泛黑的記憶。

童年對公眾澡堂的印象好壞參半。直到高中時讀川端康成寫的《伊豆的舞孃》，小舞娘裸身站在陽光下，天真地對著結伴同行的大男孩揮手，這才對澡堂有了浪漫綺想。

可惜，我不再是孩子，每當有朋友邀約泡湯，特別是泡大眾池，我總是尷尬靦腆、如臨大敵。告別了天真歲月，童年洗澡的酸甜記憶，像是窗上模糊的霧氣，曖昧不明，又不讓你完全忘記，留下抹不掉的小塵埃，黏在窗櫺，也落在我的肩上。

我的新天堂樂園

傍晚時分，父親從小學下班回家，而母親的美容院還沒打烊，這段等候的時光，父親總會牽著我和哥哥，一起到附近的大同戲院看電影。因為沒上幼稚園，我是先會看電影，才學會看書。彼時一般家庭沒有冷氣，仲夏之夜，父親便帶著我們窩進戲院裡看電影兼消暑。爸爸全票、哥哥半票，而我這個小蘿蔔頭則可免費夾帶入場。彷彿是特權，讓人無比驕傲，於是我特別愛看電影。

彼時看的電影，劇情不可能記得了，但是某些畫面卻始終刻在腦海，多半跟神話或是妖怪有關，印象最深的是《辛巴達七航妖島》、《傑遜王子戰群妖》。我記得辛巴達遇到把人拿來烤的獨眼怪，還有傑遜王子在天后赫拉的指點下拔掉青銅巨人腳踝的銅蓋。

長大後回憶起這些片子，一查股狗，發現許多都是早在我出生之前的老片。當年許多經典的老片總會不斷回鍋重播，老舊的戲院裡不停地播放那些更遙遠年代的膠卷。然而對我來說，那完全沒有任何懷舊之感，我就像是辛巴達和傑遜王子，每一部電影都是一趟趟冒險的旅程。我總是睜大眼睛看著那些夢境裡都不曾出現的怪物，聽著那些我聽不懂的洋文，一知半解地拼湊出故事大綱。那必然是我長大後會著迷於電影的起始，我兒時的新天堂樂園。

當然我也有閉上眼、摀上耳朵的時候，比如鬼魂出現、怪獸吃人、槍戰或噴血。當小孩的好處就是只要身體一蹲、半瞇著眼睛，閃閃躲躲地透過椅縫看螢幕，恐怖感就可消掉一半。但偶爾跟你一起躲在椅子底下的還有老鼠，這時受到的驚嚇遠遠超過螢幕。然而這從來沒有阻止我一次又一次蹦蹦跳跳地奔向戲院。

有時父親也會帶我們到西門町看電影，那通常是聲勢很大的首輪片。慶祝這種大日子的儀式必然要伴隨一隻炭烤雞腿，那便是兒時最高規格的娛樂饗宴。

然而我最難忘的還是每週必訪的大同戲院，那是我的日常、我的天堂。搬離大龍峒住到社子之後，市場裡也有一家社子戲院，我則在這裡痛哭流涕地看了六次《梁山伯與祝英台》，還有參加小學畢業典禮。

我一直記得幼年時在大同戲院的最後時光是看了胡金銓的《山中傳奇》和《空山靈雨》，胡導的電影美學帶領我進到一個更飄渺神祕的世界，也讓我對自己兒時的悟性感到無比驕傲。後來一查，發現這是一九七九年的片子，我已經上了國中，又回到大龍峒念書了。人的記憶果然是一場經過剪接錯置的蒙太奇電影。

大同戲院到底何時不見了？我在大學時代看了《新天堂樂園》才猛然懷念起來，我並沒有目睹它遭到拆毀，但它卻像是一團輕煙、一場空山靈雨，不知哪一年突然消失在地球表面。

黑膠情緣

我的書店裡進行了幾次黑膠聆聽會，來的人年齡不一，但半數以上都有點年紀。年輕人聽黑膠大概是一種時尚，有點年紀的自然是因為懷舊。

黑膠（最早是蟲膠）唱片始於十九世紀後期，大概在一九一〇年代，黑膠唱片和留聲機才傳入台灣。一九二八年，柏野正次郎來台成立古倫美亞唱片公司，除了進口上海京劇等唱片，也發行台灣本土音樂，黑膠唱片也就漸漸風行了起來。

我生於一九六〇年代後段，幼年時代聽的自然是黑膠唱片，但不是古典樂也不是鳳飛飛，記憶最深的是一張童謠唱片，其中有首歌，雖然不知道歌名（因為太小了還不識字），但我至今仍能哼出完整旋律，還記得前面幾句歌詞是這樣的：「小鴨子排排隊，呀呀呀，尾巴搖來搖去，搖搖搖搖。……」印象如此深，是因為小時候父親只要一放這張唱片，特別是放到這首歌時，我一定醒過來跳舞，這歌簡直像我的鬧鐘音樂，而我就像是上了發條的小鴨子。因為太愛這首歌了，爸爸還乾脆叫我「鴨子」。

卡式錄音帶大概在一九七〇年代初期就傳入台灣了，但彼時我們都還是習慣聽黑膠，不久民歌開始流行，我們買的是唱片而不是卡帶。我記得我和哥哥買齊了每一屆「金韻獎」以及許多民歌手的唱片。八〇年代卡帶漸漸風行，但黑膠依舊併行。卡帶的好處當然是輕便，最主要是「Walkman 隨身聽」還有手提音響的普及，讓音樂可以帶著走，不像黑膠機那麼笨重。然而聽黑膠感覺還是比較正式、莊重。

黑膠最派上用場是在舞會時，從沒見過有誰在舞會用卡帶放音樂，主要是因為卡帶一整卷只有ＡＢ面，你很難找到每首歌準確的入歌點，不像黑膠和後來的CD首首分明。而且黑膠還有一個無敵功能，就是DJ可以用手轉動唱片，製造跳針或是刮片的效果。

黑膠漸漸沒落是在CD出現之後，小碟子慢慢取代了大碟。九〇年代，CD和卡帶同步流行，差別在CD貴一點，卡帶便宜但容易壞。而黑膠唱片幾乎停產，很多人認為黑膠會消失，開始把家裡的黑膠唱片和唱機丟到垃圾場。沒想到進入二十一世紀後，快速被淘汰的反而是卡帶。反倒是一息尚存的黑膠，因發燒友不捨離去，仍在二手市場裡努力翻找老唱片，且一再強調黑膠的聽覺魅力，在MP3和網路下載盛行的時代，反而以精緻的姿態起死回生。如今有些歌手也同時發行CD和黑膠，好像擁有一張黑膠才稱得上是真鐵粉。

有時我在店裡放黑膠，多半是我那個時代的老歌，聲音迴盪在空氣中，會有一種「顆粒感」。每次聽黑膠，我會更專心在音樂上，把手邊的事停下來，就像在聽一個老朋友說話，而時間便慢了下來，回到一切都還簡單的那個時光。

重回社子島

開車在寬廣的環河北路，陽光如流金般灑在往來奔馳的車輛上，通往社子的道路已不再是兒時的幽黯小徑。社子花市像一朵盛開的牡丹，在終點處迎接著我們。像告老還鄉的遊子一般尷尬，我已經認不得童年故居了。

問花市的員工，社子國小在哪？他往我身後一指：「就在那兒啊！」我回頭望，不在視線內，只能猜想兒時的學校大概變了，社子已經全變了。

不死心，過馬路，往左側走去，河堤終點——延平北路七段。一拐進路口，一個賣檳榔的中年婦人身旁擺著一台收音機，和著沙沙的放送歌曲，安靜地包著青仔，滿是皺紋的臉上猶抹著過紅的胭脂。終於找到舊日的斑駁影像，從阿桑的臉往後一路望去，這條被時光遺忘的羊腸小徑還停留在遙遠的過去。

小一那年，我家從大龍峒搬到了社子島，因為母親開的美容院依舊在大龍峒，放學後想看媽媽，一家人於是得兩頭跑。彼時我不知社子是半島，只知道有條長長的堤防，堤防外是更長的淡水河。

除了堤防，連接新舊家兩地的，便是父親的腳踏車。那時腳踏車大概和我一般高，如果不想讓兩條腿懸在半空中搖，就要把腳丫架在車輪的鐵框上，雙手緊緊抱著爸爸的腰。有時爸爸載我走車多人多的延平北路五段、六段，便順道上社子市場買點蔬菜水果；不買菜時，便載我走河堤旁的道路，一路吹著涼風、大聲唱歌，心情好是快活。

小一下學期，我生平第一次遠足。去哪兒也不知道，但遠足前一晚，我興奮得睡不著，仔細數了提袋裡的零食好幾遍，一共有：五爪蘋果一顆、飯糰一個、乖乖一包，還有一盒森永牛奶糖。隔天一早，老師帶著我們爬上堤防，迎著岸邊的風吃點心，又繞了幾條彎彎曲曲的小路，一個下午就在海風、樹影下消磨，真的有了遠行的美妙滋味。

走著走著，還沉浸在旅行的浪漫情懷裡，突然聽到老師說：「快到目的地了喔！」抬頭一看，「社子國小」的校門招牌就矗立眼前。原來我們像是孫悟空，走了半天還在堤防和學校之間這塊巴掌大的浮島轉圈。我登時傻眼，因為幻想破滅，失望感襲身，差點就哭出來。

小孩的身體很小，所以周遭的一切看起來很大。以為到了遠方，其實不過是在幾條巷道裡繞；記憶中的小河，往往也只是大水溝。小時候練腳踏車時，我就曾摔進「臭河」裡。當然，我曉得更大的河在堤防外。河上錯落著幾間船屋，船屋連接著抽沙的大輸送管，伸往河中央。河面上常年漂著布袋蓮、廢棄物，伴隨著震天價響的抽沙馬達聲，即便不是陰天，河岸的景致依舊灰灰暗暗。

在河堤上，從社子往大龍峒的方向散步走去，右邊是大河，左邊除了曲折的道路，還有一些雜草叢生，堆放輪胎、垃圾的空地，以及幾間冒黑煙的工廠。

快到大龍峒的地方，有一座小湖，隔著遙遠的距離看，湖水如漆，湖面似鏡，晴天時還可以看到幾朵白雲浮在湖面上，我和童年玩伴覺得這湖美極了，私下幫它取了個名，叫「寧靜湖」，那是兒時我在住家附近見過最美的風景。湖泊四周的雜草看上去高過一個人，我和他都不知道該如何才能到達湖畔，只好躺在河堤上作白日夢，相約總有一天要到湖畔野餐。直到快上國中時，我們才知道那是個堰塞湖，如漆的湖水其實暗示它臭氣沖天，只可遠觀，不可褻玩。

再往前走，有一座橋，過了橋就是大龍峒，媽媽就在那裡幫客人洗頭、修指甲。橋墩下恆常卡著一些塑膠袋、死魚和動物屍體。偶爾會看到一兩具大型的漂流物，我們就會猜那是跳河自殺的人。每每都想靠近查看，又怕那漂浮物會突然翻過身來對我們慘笑，所以每次滑下堤防，稍微看清楚那不是箱子、貓、狗，而有點人型模樣，就會一路鬼叫，狂奔上河堤。

童年記憶裡的社子島，不外是堤防、小學，還有社子十七街附近的幾條道路與巷弄，以及立在那巷弄中，不到二十坪的我家。家門前的巷弄很窄，但是玩跳房子及過五關倒還可以。我們住在三層公寓的二樓，前後棟的陽台離得很近，大人伸出手臂大概就能和對面的鄰居擊掌。那時班上有個小流氓暗戀我，就住在斜對面的一樓，每晚都會抱著吉他在後門唱著不成調的歌，我的房間就連著後陽台，不管如何裝死，都還是聽得到。

想想那樣的環境就是窮，但周遭的鄰居都一樣，窮成一窩，也就不識窮滋味。加上父親是小學老師，在地方上也算是知識份子，我們讀書又有補助，生活從來不成問題，甚至還快樂無比。

小學時，我最喜歡颱風天。因為颱風來時不必上課，可以躲在家裡點蠟燭、吃泡麵、聽收音機。颱風來之前，我們常會爬上河堤觀察淡水河的水位。那時陰風慘慘，河面水位升高，浪聲轟隆隆，彷彿有怪物要從河中央冒出來，雖然覺得恐怖卻也好刺激。颱風一過，學校還沒宣佈上課，小孩便穿著雨鞋出來踩水窪，跑到池塘邊看蝌蚪、青蛙，一直玩到太陽西斜，天邊出現比平時更瑰麗的晚霞，才依依不捨地和玩伴告別。

然而住在延平北路七、八、九段，靠近中國海專附近的同學，日子就沒那麼好過了。忘了哪一年，班上從那裡轉來一個同學，每逢颱風，她就會多請幾天假，她總是轉著烏黑大眼，說羨慕我們都好有錢。彼時我對金錢毫無概念，不知道有錢沒錢其實是「比較級」，直到有天到她家裡去，我才知道「沒錢」是什麼模樣。

她家務農，有一塊小小的菜田，旁邊有間磚屋，那是他們的住處。進到屋裡只見烏漆抹黑一片，什麼像樣的電器、傢俱都看不到，即使是白天，屋裡也一片黑。餐桌、木板床、蚊帳，在田裡割菜的她母親，以及蹲在田邊玩耍的兄弟姊妹，印象裡，她家就是這些刻苦畫面。

一直到長大成年，我才知道延平北路七段之後，被列為非都市計劃的泛洪區，長期禁建。居民隨著潮起潮落，逆來順受，垂掛在河口的他們，彷彿已被世間遺忘。

小學畢業了，分發學校，我又回到了大龍峒——位在孔廟附近的重慶女中。走路走不到學校，只好背著大書包擠公車。公車總是擠得動彈不得，車上的色狼也特別多，不是摸妳屁股就是偷翻裙子。

讀了三年升學班，我只記得課本、同學、模擬考以及公車上的色狼，家裡附近到底有哪些變化，卻沒有兒時清楚。難得輕鬆的週六午後，最大的樂趣還是搭公車，從起點繞一圈又回到了起點，彷彿看電影一樣，熟悉或不熟悉的街道、車輛、路人，忽遠又忽近地在眼前流轉。那些緩慢且無目的地的行程，多少還是安慰了被聯考壓力壓昏頭的苦悶歲月。

考上高中那年，我和哥讀的學校從盆地的北方移到南方。通車太遠，只好申請住校。

讀了三年女中，又讀女中，我突然很想認識男生。有一天，我翻著姊妹畫報的筆友欄，大起膽子寫信給一個讀清大的男生。週末，男孩約我見了幾次面，似乎有點喜歡我。即便我沒有戀愛的感覺，但還是答應讓他送我回家。快到家的前一個路口，因為怕被家人發現而停了下來，只向他遙遙指著被一堆違章建築擋到的我的家。那一刻我突然有點羞愧，清楚知道自己家是有點窮的。

男孩子什麼話都沒說，那也是他和我最後一次見面。

後來，父親用攢了十多年的積蓄，在木柵買了新房子，學校近了，屋子也變大了，我們搬離社子的那一年，我高一下，十六歲。

離開社子二十年了，眼前的環河北路、社子花市、環岸自行車道，如夢似幻，像是蛻變後亭亭玉立的少女，看得我目瞪口呆。可是往延平北路七段走去，又彷彿遇見那個被時光遺棄的老嫗。

回程時，我開車往東走，社子十七街已經改名為社子街，越往裡去，我才發現很多地方沒有太大改變，低矮擁擠的房舍、雜亂的社子市場，延平北路六段也還停留在過去。

開車晃蕩，有些地方的印象也跟著模糊起來，我沒找到老家公寓，只見到巷子末端連接著寬闊的環河北路，梯型的堤防已改建成高聳垂直的模樣。較窄的河岸道路、父親的腳踏車，以及我的寧靜湖，都已經消失不見。

氣球歲月

人生總有幾年像吹氣球一樣，用足了力，閉上了眼，一口氣就長大了。回頭一看，總是不太想記得到底經過了什麼。於我，那幾年大概是國中時期吧。

長大是身體上的，比如胸部脹起、來了月經，男生長了鬍鬚，所謂的青春期。然而吹氣球感卻是心理上的，你得一口氣用力往前衝，因為三年後，我們前方只有一個目標：聯考。

回憶那三年，畫面太過模糊，可能是吹氣球的過程，總是一再地閉眼再睜眼。閉眼的那些時刻，大概都是日復一日的擠公車、早自習、K書和考試。

當然也有不少的「刺點」長留心頭，卻不盡然美好。比如擠得動彈不得的公車上，總會遇到一些色狼貼著你的背、翻你的裙，或是在你的耳朵旁吹氣。又好比考試，錯一題打一下的體罰歲月，打得雙手紅腫瘀青並不稀奇，打到藤條裂開、木板斷掉，也是常有的事。比較神奇的是有老師拿錯考卷打錯人，或是不小心打破了同學的手錶、踢裂了講台……無奇不有的意外。唉，想想很悲哀，可是打錯人，同學露出快哭出來的無辜表情時，大夥兒還是笑了出來。

壓力無處可排解時，我通常選擇在週六中午下課之後，一個人搭著公車，從上車處繞一圈再繞回原點，彷彿行走在氣球的邊緣。有時我會搭車到圓山的天文台看星空影片，我從小喜歡看星星，躺在天文台的椅子上抬頭看圓弧形的天幕，總有那麼一瞬間，覺得自己離開了城市、離開了教室和課本，一個人躺在無邊的草原上看星星。

比較甜美的還有，那大概也是情竇初開的時節，可是我讀女校，滿滿的女同學，也不知去哪裡喜歡男生（彼時男生的身上總是有一種讓人不解的躁動還有不知名的異味），所以放在心上的總是女生。我到現在都記得某個喜歡女孩的眼睛與長睫毛，記得她說話的聲音。記得她投籃的動作，卻怎麼也想不起她的名字了。原因是在每年一次的能力分班上，我們終於失散了。

但擠進最好班，也不是什麼太快樂的事，有人的氣球吹啊吹，終於破掉了。國三那一年，班上有一個成績非常好的同學，突然在聯考前幾個月休息了。我望著她空空的椅子，始終不知道發生了什麼事。老師什麼都沒說，只是宣告某某同學生病不能來上學，要我們用功讀書，盡全力考上理想志願，但也要記得休息，便再次拿起了課本。

教室裡又傳出來朗朗的讀書聲，還有一次又一次發下來的考卷。

少女喇叭手

很久很久以前，我是個少女小喇叭手。

吹奏喇叭，並非出於興趣或是自願，而是因為條件。當年國中管樂隊挑選新樂手的過程，是一種介於選妃與挑牲口的神秘儀式，除了成績與身高的初步篩選，教官還一一檢查我們的外型、嘴型、牙齒與手指。吹伸縮喇叭的要人高手長、打大鼓和吹大喇叭的需要強壯的體魄，而具備了口小、唇薄、牙齒整齊等嚴格條件的少女出列，我們將是光榮的少女小喇叭手！

銅管樂器的主音是小喇叭，木管樂器則是黑管，我們聯手撐起了樂隊的主旋律。待過樂隊（團）的人可能了解，此處有一種秘而不宣的階層，演奏主旋律樂器的樂手，頭上彷彿多了一圈光環，暗示了某種天份與難度較高的挑戰。基於無知與虛榮，我接受了這個剛強且陌生的樂器，畢竟管上那三個控制音調的簡單按鍵，看上去比黑管、長笛蜈蚣似的按鍵以及鋼琴那鱷魚牙齒般密佈的黑白鍵和諧可親。

學習吹奏的過程開始了，誰知一上口，小喇叭便展現了難以駕馭的王者姿態，當其他人都噗噗噗或呼呼呼地發出第一個單音時，我們使盡了吃奶力氣，弄得汗水與口水齊飛，眼看腦血管即將爆裂，卻還是半個聲音也擠不出來。除了教練的指導，我們只好各憑本事，努力控制丹田力道與唇舌間的緊致度，快則幾小時，慢則一兩天，好不容易才發出洪亮的喇叭聲。

因為費力所以響亮，因為身短所以音高，這是小喇叭教我的第一課。而小號之所以在軍隊裡扮演起床號、集合令或是傳遞消息的工具，也並非因為它輕巧，而是因為它具備振奮人心、響徹雲霄的聲音。

加入樂隊之後便正式宣告我們的「課外活動課」從此不再有選擇了。勤奮且漫長的練習也開啟了一條苦樂交織的習樂之路。每週至少四、五個小時的練習，我們手中的樂器必須由陌生到熟練，才足以在一年後擔任起升旗典禮的伴奏。

而逐漸熟悉小喇叭之後，我才清楚自己的致命傷——肺活量不足，注定無法成為一個傑出的小喇叭手——這是當初教練在挑選時看不到的缺點。所幸做為主旋律的小喇叭，大約都有五、六人以上吹奏，爛竽充數，也就矇混過去了。

在經過一次又一次的合奏後，我們難免也會關注其他的樂器，於是，我開始著迷於法國號優雅的身形以及迷濛的中低音，也不時揣想，當初如果執意選擇小鼓，是不是更貼近我的天份？然而小喇叭的樂譜總是比那些中低音伴奏及節奏樂器的樂譜來得旋律完整，成就感與虛榮心終究還是壓過了這些猶豫。

我們唯有在休息時刻才會去和那些無緣的樂器調情，投以一種「恨不相逢未嫁時」的曖昧眼神，妳吹吹我的，我吹吹妳的，或是敲打一下鼓身，但一切發乎情而止於禮，並沒有進一步的發展。

加入樂隊的人生總有一些例行以及幾次的高潮。國二起，我們接下了升旗典禮的伴奏工作，從此不再唱國歌而是吹國歌了。然而這神聖的工作很快就失去了新鮮感，反覆吹奏的進行曲很難撫慰心靈，而我們生澀的技巧也激不起什麼音樂火花，久而久之，一種三流那卡西的蒼涼感油然而生，此刻，我們日盼夜盼的，恐怕只剩下國慶日的華麗遊行了。

那是一場夢想中的煙火高潮，所有的女孩都將穿上馬靴短裙，踢著正步，以嘹亮的樂音，雄壯威武地跨過總統府前司令台，接受英雄式的歡呼以及其他少男少女的仰慕。

國中的那場遊行，我們從學姐們遺留的制服中挑揀出適合自己尺寸，縫好鬆脫的綴飾，洗去經年的污漬，穿戴整齊後，再將雙腳套進過大的馬靴，帶著一種既害羞又期待的心情，卡答卡答地踏入遊行的行列。

那是一次事先不知終點的遊行，起初我們以無比振奮的心情、響徹雲霄的樂音，踩著整齊的小踏步，彷彿整條大街便是我們的伸展台。怎知走著走著，還完全看不到總統府的影子，教練卻突然叫我們轉彎。司令台不是在前方等著我們嗎？

我們像是斷線的珍珠項鍊，突然鬆脫了。那時，我們才知道漫長的遊行隊伍其實兵分幾路，原來我們這些生澀的「二軍」，是無法抵達總統府前的。我們被迫在一個路口轉彎脫隊，像一團敗軍，匆匆撤散。教練大概是怕我們失望，所以沒有事先告知我們路線。回程時，我們的腳步零亂，噗噗咚咚地演奏著散慢的樂章，心情有如葬儀社樂隊一般。

或許是為了完成未走完的路途，高中時我又加入了樂隊，同樣的樂器，卻有更堅強的陣容。小喇叭一排十人，有如合唱團般分為三部，我們這些有經驗的老手，順理成章地吹奏最重要的第一部。

佔著重要的位置，我卻益發知道自己才華有限：中氣不足、手指也不甚靈活，唯有節奏感差強人意。若問我學習管樂前後四年多的時間，最大的領悟是什麼？那就是：我不愛小喇叭，而且缺乏演奏樂器的天份。

高二升高三的那年，我們有了一個意外而美好的任務——參加全國高中樂隊比賽。這是學校第一次也是我們最接近藝術的一次表演機會。練習的曲子不再是簡單的軍樂進行曲，而是交響樂。

還記得那一整個暑假我們都在集訓，而且教練還特許我們每天將樂器帶回家練習。然而長笛、黑管、薩克斯風等聲量溫和的樂器可以在家吹奏，但小喇叭卻只能站在空地或屋頂上練習，像隻風見雞。即便裝了弱音器，還是引來鄰居的抗議。我記得風趣的教練要我們加緊練習，並不時以自己為例。「當年啊，我為了苦練小喇叭的肺活量，每天都跑到公園對著一棵大樹練習，結果終於把那棵大樹吹出一個樹洞！」直到多年之後，我看了王家衛的悲傷電影，見著那藏有秘密的樹洞，總想起另一個生澀、滑稽的畫面——一個對著大樹吹喇叭的少女。

升高三的那年，我們如願地穿上嶄新的樂隊制服、訂做的馬靴，驕傲地以前三志願女高樂儀隊的身分，站在所有遊行隊伍的最前面，引領全部的團體通過總統府的司令台。當時振奮的心情，如今想起來都還熱血沸騰。

通常，經過華麗的十月慶典活動，我們也將光榮地脫下制服，將演奏的棒子傳給下一屆的學妹，但我們卻因為參加「全國高中樂隊比賽」佔去教練太多心血及時間，以至於學妹訓練不及，而多擔任一學期升學典禮的演奏工作。然而那年我們終究因為匆促集訓、選練的曲子太過簡單，而在比賽中成為陪襯的隊伍。

上大學之後，我便很少對人提及當年吹奏喇叭的故事以及樹洞的秘密。如今，我更是連小喇叭的音階指法都記不清了。然而我總是不能忘懷當年當定音鼓迷人安定的鼓聲響起，所有樂器的聲音從四面八方攏聚過來的魔術時光，還有那幾個月感覺自己好像是一個「演奏者」、「音樂人」的酸甜滋味。

而知道小喇叭在爵士樂的地位，知道邁爾士戴維斯（Miles Davis）、查特貝克（Chet Baker）和近期的克里斯伯提（Chris Botti）等小喇叭手性感迷人的形象，也都是很久很久以後的事了。至於當年我們穿著短裙制服的生澀模樣其實並不性感、暴露，只不過在那個保守的、壓抑的年代，我們那炫目的制服還是引來太多的想像，以及少數怪叔叔的癡迷目光。

複製叛逆

高二那年我毛遂自薦加入了校刊社，追逐一個夢，編了一本刊物，失去了初吻。

我們的校刊社說穿了只是五、六個文藝少女所組成「夢幻團體」，然而這個夢在當年就是我全部的世界了。

年少的夢多半來自模仿與複製，我所複製的是哥哥的腳印。哥的房間堆著一疊疊的《建中青年》，初中的時候，我總是反覆聽著哥哥訴說校刊社裡那些叛逆才子的事蹟，我當然想不到那些比小說更好聽的故事日後真會出版成書，而當年帶頭少年的名字早如刺青般刻在我的腦海；刊物裡那頁被撕掉的仿莊子

〈逍遙遊〉的短文，我背得和哥哥一樣熟；還有那些詩、那些像是存在主義之類我所不懂的名詞，都成了一種美麗的召喚。

校刊社對我而言是個比大學更接近知識的城邦，即便那個閣樓小房間裡只有幾張桌子、椅子、幾櫃子的書和久積的灰塵；而居民都是被植入特殊晶片的改革份子，不只對文學，也對這個充滿權威的大人世界。至少清瘦的校刊社社長S，散發的正是這種氣味與暗示。

我和S認識之後，很快就成為莫逆。每天，我都抓著她反覆講述那些外校校刊前輩的故事，彷彿這樣就可以證明我和他們擁有一樣的天份和質地，一定可以在這個沉悶的女校闖出一番驚天動地的事，就靠著幾篇了不起的文章和詩……

沉悶的無疑是我自己——那個青黃不接、懵懂無知，急欲蛻變成蝴蝶的自己。

我實在說不清楚一本百來頁的校刊何以磨蹭近一年，而且每天心繫於此。

然而一本校刊從訂專題、採訪、邀稿、自己寫文章，到打字、完稿、美編、排版、校對、印刷等種種技術性的問題，我們都像是學步的孩子，如此虔誠且小心翼翼。

學姐曾找來已是詩人的前B中校刊主編為我們講述一些編輯概念，奇怪的是，對我來說，詩人的光華遠不如他手上展示的刊物以及那些編輯上的專有名詞來得迷人。

高二大部分的時間，我手上捧讀的不是課本，而是幾年來前三志願的校刊，讀著那些被我們崇拜不已或譏笑為劣作的種種範本，努力想要從中間爬梳出屬於自己的思想和風格。在那段日子裡，除了那些與作家、文人的聊天如今追憶起來多少讓人羨慕，我最沉醉的其實是與S大剌剌地躺在中正紀念堂的廣場上，訴說年少輕狂的夢想，數落學校的種種荒謬行徑以及同學們只知聯考的麻木不仁。帶著嬉皮氣質、特立獨行的副社長並不嫉妒我和S快速增溫的感情，她還是一貫的飄飄蕩蕩，書包裡只放兩本課本、一把梳子，以及一些像是帶有法術的小玩意。我們其實只是個「作夢團體」，並不帶革命氣息。只有我覺得自己必定是被上天欽點，有朝一日將和其他校刊社的同學成為主導這個世界改革的菁英。

當時我對女中的教育充滿憤怒與不屑，齊耳的蠢呆髮型以及校長動不動就羞辱成績不好和愛打扮的同學都讓我憤恨不平（這一點，社團的夥伴全都同感憤慨）。我更不能理解的是同學的順從與懦弱。打從每天早上穿著黃襯衫和一大群同學魚貫走進教室溫書、考試開始，我就覺得周遭大多是沒有思想的讀書機器人。為什麼我們女校學生就不能像哥哥校刊社裡的那些男孩子一樣叛逆？一樣勇於追求真理？我坐在蒼茫的教室裡感覺大家都離我好遠，而別人或許也覺得如此。

那時只有校刊社是我的心靈歸屬。我常趴在那張長桌上讀著那些完全讀不懂的經典，並且粗糙地模擬他人的文字；或者從閣樓的那扇窗望向校外的世界，做著混沌不明的夢。

我所複製的叛逆行徑就是閱讀小說、詩集和西方經典，還有，談戀愛。但事實上我大多讀不懂那些書的美好，而所謂的戀愛其實也稱不上是戀愛，純粹只是為了叛逆，因為這些都不是學校鼓勵一個好學生該做的事。

那場戀愛是椿極蠢的往事。我挑選的對象是B中的校刊主編，而我無疑只是看上他的頭銜，只是出於一種門當戶對的封建思維。而更難堪的是約會、聊天幾次後，我們便不了了之，我被「轉手」介紹給他另一個同學。而那人的追求使得我在一個月黑風高的日子失去了初吻，換來兩片腫脹的嘴唇。那晚我帶著羞恥踏進家門，並謊稱自己嘴唇過敏，懊惱地躲進房間一整夜，一點也沒有享受到叛逆帶來的快感。

然而這些事，我從不曾對S說過，我不想讓這些破爛的故事干擾我和S之間高密度的友誼以及若有若無的競爭。

我和S談的始終是夢想、文學以及批判學校的作為。S是一個非常有義氣的女生，有次我在光華商場翻舊雜誌找圖片時，被一個唐突的高中男生搭訕，我正緊張害怕、不知所措時，S突然伸出她細瘦的手臂擋在我前面，告訴那個男生我的名字叫做「冷冰冰」。就在那個男生錯愕沉思之際，S拉著我的手強忍住笑，大大方方步出那家舊書攤。那時，如果不是我大概釐清自己不是同性戀了，我想我會愛上S也說不定。

不過更叫我難堪的不是那些讀不懂的書籍以及破敗無趣的戀愛情節，而是我一蹶不振的成績。那時的同學為了準備聯考很少人對社團活動認真，而我卻在樂隊、校刊社以及莫名其妙的虛空戀愛中疲於奔命，讓成績一片灰暗。

終於，嘔心瀝血的校刊印出來了，裡面有我的極短篇小說、散文，還有一篇寫得糟糕透頂，介紹女權主義發展的專題文章。轉眼就要升高三了，同學們全對來年的聯考感到惶恐焦慮，我們的那些文章似乎沒有啟迪多少同學的心靈，也不曾撼動過誰的權威，連我自己讀完都覺得眼高手低，沮喪不已。

升上高三後，有一回我和S坐76路公車經過辛亥隧道，那時出隧道的道路兩旁有許多賣水果的小販，由於我和S的生日都在九月，望著那一車車的大西瓜，她突然對我說：「生日到的時候，我們一起買顆大西瓜，然後用力摔碎，我和妳就這樣在大馬路上，一片一片抓起來吃，當作慶祝吧！」我聽完後哈哈大笑，但緊接著卻有點泫然欲淚。那些鮮紅、破碎、甜美、廉價的西瓜印象，多麼像是我過去一年的歲月？

高三的某一天，我獨自一人走上校刊社所在的閣樓。那天學妹們並不在屋內，社裡的擺設也變化不多，然而當我抬頭看到牆上黑板的行事曆，赫然發現行事曆上除了編輯會議、校刊進度之外，新社長還在上面記著「×月×日B校校慶，和B青社長會面」的行事提醒，我恍恍然想起那些被我視為秘密的約會，如今學妹卻是大剌剌地當成公開行程。我過去的青澀、叛逆顯得如此不合時宜，我終於感到這地方再也不是屬於我的了。

往後，我有好長好長一段時間不再作夢、不再寫小說與詩，羞愧自己當年的叛逆是如此廉價的贗品且多麼自不量力。

直到多年之後我重新提筆，輾轉想起「迷路少年」在書中敘述他當年搭著

252公車到景美女中等待Y的苦澀戀情，而相隔幾年，我則是愉快地和S搭著反方向的公車到植物園看荷花、到藝術館看戲劇表演。我突然感到年少往事並非如我所想的那樣不堪回憶。

西瓜皮與半屏山

我的中學時代始終對頭髮長度分毫計較。倒不是自己多叛逆，只是正當愛美的年紀，總覺得能夠多遮一點臉頰或是髮根都是好的。當時入校門總有教官把關，有時高中校長也加入檢查服裝儀容的行列。我們天天頂著西瓜皮上學，打薄等等「變形」都是不可原諒的惡行，原因是學校要我們關心頭皮以下的東西，頭皮以上的美麗在升學壓力下全都應該忘記。我曾經看著校長居然把違規學生的髮夾拋出校門外，如今想想真是不可思議的高壓時期。

可惡的是上了大學後突然解嚴，高中的髮禁也一併解除。不免感嘆自己為何不晚生幾年？

也許是高中時被西瓜皮壓久了，一上了大學我開始成了髮型的千面女郎。忽長忽短且嘗試各種捲燙。跟我一樣的同學其實不少，當年的我們都自以為走在時尚的尖端。

髮型的變化主要參考當年的偶像明星：中森明菜和藥師丸等日系偶像曾經是我的最愛。微捲的蓬度加上稀疏的劉海看上去十分可愛。跟中森明菜差不多髮型的還有台灣的楊林。

有時設計師會要妳嘗試比較時髦的髮型，通常建議更細的捲度，我的髮量多，如果太細就會看起來像爆炸頭，所以頂多在大波浪和中波浪之間游走。

比較詭異的是有一陣子，美容院流行把上面的頭髮吹蓬，再配上薄薄一層劉海。因為這樣的髮型多半旁分，於是頭頂的髮就吹高成一個角度。以此為首的女星大概就是林慧萍和李碧華，兩人看上去都文靜純樸，很受少女們喜愛。也不知為何有些美容院將頭髮的角度越吹越高，彷彿這樣就更顯美艷，後來這種髮型就被戲稱為「半屏山」，如今大概只會出現在鄉土劇中。

我雖然不曾將頭髮吹到半天高，但是當年流行的關係，偶爾還是任由美髮師吹出髮頂的角度，若是配上劉海及微張的嘴唇，看起來更顯無辜。（現在想起來真是太做作了。）

後來就不太流行誇張的燙髮了。我自從到美國留學起，為了方便自行打理，又開始留起直髮學生頭，照片看起來真是清爽俐落許多。

有一次，我大學死黨翻出老照片給學弟妹看，她大力稱讚我是班上的美女之一。結果學弟妹看得目瞪口呆，跟我同學說：「學姊，妳們當年頭髮吹成這樣真是太潮了！」我一看照片真的也很想死，想不懂當年怎麼就這樣任髮型師擺佈？

至於高中時痛恨的妹妹學生頭，前不久翻閱《阮ê青春夢：日治時期的摩登新女性》，才發現那髮型還真是百年不退流行。妹妹頭加上水手服，如今那些照片看起來還是相當摩登。

恐怕我們當年反對的是那份壓抑和不自由，而今懷念的只是當時的青春。

B級片生涯

多年前，我離開公關公司，跳槽至一家播放電影的有線電視頻道。當時有線電視正值萌芽期，各方角頭逐鹿戰場，大勢未定、百家爭鳴。

我的老闆，一個留美的理工博士，在這個財團與黑道勢力夾擊的市場上，稱得上是一股清流了。而我，則憑藉著對電影的熱愛，即使前途混沌不明，我仍像《楚門的世界》裡的楚門，每天早起便興高采烈地對全世界說：「Good morning! In case I don't see you, good afternoon, good evening and goodnight.」

新公司、新老闆、新產業、新職務，一切都新得叫人摸不著路。當年我們公司播放的是ＨＢＯ強檔新片之外的美國八大影業好萊塢主流電影。那是一個清楚的好萊塢電影產業循環：院線、錄影帶出租店、HBO，最後落到我們手上，一部片子也就大致走完它的人生。

除了買片子，老闆也不時有宏大的計劃：增設新的頻道、搶占還未成型的「付費頻道」市場。跟隨一個夢想家，除了有開不完的會、經常寫到一半的計劃，沒有令人振奮的大片可供宣傳時，我泰半與那些登不上國內院線的好萊塢B級片廝混。

暗淡的卡司、生澀的演技、老哏的劇情，在幾間鴿子房般的影片播放室中前進與倒帶。B級片的世界裡，那些始終登不上一線的導演與演員，在鏡頭前奮力演出。偶爾，螢幕上也會出現一些過氣的明星，或是當紅演員剛出道時的生嫩模樣。然而字幕翻譯人員坐在電視前，多半只是面無表情、上氣不接下氣地拼打台詞。

無事時，我經常閒晃至此處，和翻譯員聊上幾句，趁機偷看一下電影。偶爾，回答一下他們拋過來的問題：「啊，就這句，妳幫我看看，到底在說什麼東西？」

我始終記得有一部片子，大概是喜劇片吧？男主角正在敘述他無聊的人生，每天晚上只能看著A片度日，腦海裡不時盤旋著那些古典吉他的音樂。「就是這句，為什麼會提到古典吉他呢？」我和翻譯員反覆倒帶，無聊到人都有點恍惚，確定主角嘴裡吐出的的確是「古典吉他」，但卻找不到前後情節的相關處，我自以為是地告訴譯者：「那句話應該沒有什麼意思，刪掉無妨，就像這部片子一樣，八成只是個錯誤。」

就在此時，一個男的工程人員探頭進來，靦腆地告訴我們：「有，那句話是有意義的，如果妳常看A片的話，妳就知道A片的襯底音樂經常是古典吉他伴奏。」

大約有三秒鐘，我盯著那人的眼鏡架，不知如何接腔，最後，只能默默轉過頭告訴那位翻譯：「那就直譯吧，他說了算！」

奇妙的是，過了這麼多年，回憶起那份工作，我的記憶始終模糊，殘留下最鮮明的畫面竟是這一幕。

大約過了半年恍如B級片般無趣、破敗、空忙的職場生涯，我終於忍不住遞出辭呈。臨走時，清理掉不再需要的名片與文件，交給櫃檯總機。過了一會兒，那位每天和我一起吃飯、大聊減肥經的總機小姐，突然叫我一聲：「喂，Pauline，妳是行銷經理喔？」我沒說話，只是笑，很想告訴她：「這真的只是誤會一場。」

失控的電台

時間開始倒數，副台長手拿茶杯，腳踩著高跟鞋，喀答喀答，從容地步上樓梯。五、四、三、二、一，「親愛的聽眾朋友早安，歡迎收聽×××，我是×××⋯⋯」彷彿千年不變的開場白，鬧鐘一般分秒不差地從麥克風裡流洩。

我望著窗外纏綿的淡水河景，似乎也有歲月悠悠，可以就此安享餘年的錯覺。然而我的心卻有如孤舟，在周遭聲浪中載浮載沉，與身邊的事物格格不入。

離開有線電視電影台之後，我踏入另一個陌生的領域——廣播電台。即便學生時代也同別人一樣聽余光的西洋樂、藍青的搞笑耍嘴皮，但我不曾對廣播有夢，這份工作無疑只是助我跳離前一個泥沼的浮木。

將我挖角至此的林經理又在辦公室大聲咆哮了，許多資深員工露出又畏懼又不滿的複雜表情。這個經理出身廣告圈，空降至此，主要是幫忙闖蕩廣播界二十多年的正副台長扛起「整頓」電台的重責大任。我協助獻策與負責公關事務，被編派了一個華而不實的職稱——公關指導，因為除了自己，無人需要我的指導。

九〇年代中期台灣的天空異常擁擠，有線電視與新電台的執照紛紛開放，然而比較起有線電視的嶄新，廣播無疑是古典風華的大眾媒介。不少老廣播人轉戰新電台，氣定神閒的聲調尬上林經理的高分貝咆哮，彷彿毫無交集的頻道，除了沙沙的雜訊，溝通只是徒勞。

我雖是林經理「挖角」而來，可是性格南轅北轍，她急躁，我鎮定；她主張高壓，我崇尚懷柔；她在電台裡疾走如暴風，我則晃蕩似幽靈。我這才明白，我倆的合作，一開始就注定困難重重。

我們唯一重要的決策，是將電台定位為女性電台（不是音樂電台或新聞電台，而是古怪地以性別定位）。搭著當年「ＭＴＶ音樂台，好屌！」的電視廣告，我們在西門町圓環做了醒目的看板廣告：「沒有了女人，男人屌什麼？」除此之外，我再沒有什麼偉大作為了。我既不主持節目（因為說話有點童音加上結巴），邀約知名主持人及來賓、歌手也用不著我。雖負責宣傳電台，但廣播節目炒作新聞的機會其實不多，唯一能另闢的小徑，就是不時和報社合辦活動，以及事前提供重要來賓的採訪，以文字形式讓電台在平面媒體發聲。即便我耳邊還是響著林經理說過的話：「我們一定可以大幹一場！」但我卻一點也樂觀不起來。

原本具挑戰性的工作，很快就成了例行。電台知名度和收聽率也只有小幅提升。而主安逸的老員工和高壓暴烈的林經理，才是最可怕的鬥爭，我夾在中間，裡外不是人。

果然，「大幹一場」的機會來了！一家高雄崛起的新興電台（而且是領導品牌）決定展開北中南收購，串聯起地方的電台，準備形成全國聯播網，第一眼相中的就是我們。

傳言中的新老闆開始不定時在電台出現。我與新老闆投緣，而我「清新」的性格以及優秀的背景，很快就成為老闆眼前的紅人，偶爾也跟著出差高雄觀摩。此刻，二、三十人的小公司明顯一分為二：正、副台長、「新老闆」與他帶來的一名員工、林經理，以及我，屬於最核心卻也最危險的這一邊。

眼看光明在望，電台即將坐大，林經理也不時面帶微笑，鮮少高聲叫罵了，窗外的淡水河河水彷彿也跟著清澈許多。

誰知，一覺醒來，豬羊變色！

新曆年過後的某個早晨，我一進辦公室，桌上便躺著一個白色信封。林經理、我以及那個「新老闆」的助理等人，一起被解雇了。原因是舊老闆反悔，不同意收購的價格，決定不賣電台，我們這些「亂臣賊子」就這樣無預警地被轟出大門。那個助理收拾包包，平靜地被「過去式的新老闆」領走了。我和林經理則抱著紙箱，宛如兩片枯葉，孤伶伶地飄盪在淒冷街頭。林經理在我一旁氣得直跳腳，而我卻有一種想笑的衝動：終於，從這場鬧劇中解脫了。

她像是被卸下兵權的將軍，眼冒火球地盯著我，直到後來我才明白，由於我的隨和搖擺，一度被她視為臥底，可能休息一陣就要回電台上班（事實上，我才是鬥爭的犧牲者）。

收購不成的「新老闆」很夠意思，隔天晚上設宴慰勞我們，並藉機緊握我的手，證明我屬於這一國。不久後還找了辦公室，收留我們這一批被掃地出門的「難民」，準備整軍再戰。

巧的是，我在同一天拿到了醫院的驗孕報告，優雅求去，婉謝了他的好意。經過這場波折，我就此揮別職場，回家去，恰似一江春水東流，不回頭。

想像的外公

外公外婆早逝。母親家中小孩眾多，她身為長女，和大哥兩人小學畢業就到美容院當學徒。這是古時候貧窮人家的習俗，長子長女早得父母疼愛照顧，便該早點出社會照顧弟妹。現在看來是犧牲，可大舅和母親個性敦厚，遂當成是自己的天命。更難得的是兄弟姊妹爭氣，好幾個舅舅阿姨都讀到大學畢業。比較可憐的是屘舅，十二歲外公就過世了，不得已只好輟學當工匠。

故事要從這裡說起了。母親一家的小孩大多讀藝術，有人讀美術，有人學音樂。母親和大舅雖是美髮師，但勉強仍跟藝術扯上了邊。最厲害的當屬屘舅。初中畢業後雖然暫時無法選擇就學，聽從兄長的建議到北部寶石公司應徵雕刻學徒。但憑藉興趣與毅力，提早入行的他也比別人早練就一身好功夫，後來還在復興美工半工半讀，以雕刻第一名的成績畢業。

為何我的母系家族大都從事藝術相關工作，我好奇問媽媽：外公年輕時做什麼過活？母親總說不清楚。爸爸說媽媽家裡有果園，農忙時會請工人來家裡摘水果，工人多、小孩多，所以菜煮一大盤很不好吃。這大概是晚餐時的對話，原因是小時候我總困惑，家裡才四個人，為何母親每次總煮一大桌？且做菜襯襯採採（隨便）。母親則說外公是音樂家，能作詞曲，偶爾也寫寫文章。而母親自己小時候也會彈吉他，只是當學徒後就缺少練習。問母親外公寫過什麼歌？母親哼唱了幾句，既非名曲也不完整。母親書讀得少且是美髮師，個性傻氣迷糊，於是她的話我半信半疑。「讀書人」的印象只留給當小學老師的父親家族，原因阿公是日治時代鐵路局的公務員。我因此定調外公是個閒暇時愛唱歌、會拉三弦、寫文自娛的果農。

外公在我出生前過世，他的工作是無須解開的謎題，倒是幾個舅舅的成就我很熟悉，因為這是母親最愛談的話題，母親把兄弟姊妹的成就當成自己的榮耀。而最熟悉的莫過於屘舅的玉雕，屘舅不僅常得獎，作品也曾被博物館收藏，母親開美容院時，更以販售舅舅經手的玉石增加收入。

中年後的屘舅從玉匠轉為石雕藝術家，返轉入森林，回到家鄉南投竹山，放下玉石，拾起更粗獷的石頭。某日提起屘舅的名字，有人告訴我，屘舅是工藝大師，我才在網路上搜尋屘舅的資料。上面寫：外公是文化協會下的新劇編曲、作曲家，二二八事件後，外公參與的劇團被迫解散，便與一群民間愛好音樂者在南投名間共組樂團，在各種婚喪喜慶活動中演出。此外當時聯合國有派駐在地記者，外公當時也擔任記者工作。

突然間，外公的形象鮮明了起來，他放下樂器和紙筆，抬頭看看天空，慢慢走入了果園……

凋零的流動攤販

行經女兒幼稚園門口，對街突然傳來「碰」的巨響，嚇了一大跳，以為瓦斯氣爆，正要就地臥倒，哪知一陣甜香飄來，轉頭一看，是爆米香啊！

膨大的米粒從袋子裡倒出來，和上了麥芽糖和花生，香滑柔順地躺在方型的木盤裡，小販拿起木棍，來回壓碾幾次，擺平之後，接著木尺和大刀伺候，俐落地切成一塊塊，香脆可口的米香終於大功告成。十多年不見的爆米香小販，叫人又驚又喜，我大步向前，買了一袋嚐嚐，沒錯，就是這個味。老滋味在唇齒間打轉，舊時光從腦海裡升起。

台北街頭每年總會挖開幾條路、多出幾棟樓，但不免也有些風景逐漸凋零，沿街叫賣的攤販是最叫人懷念的一種。比如那賣粿的，踩著三輪車，大老遠就喊著：「來喲，來買芋粿、菜頭粿、油蔥粿、紅豆甜粿、芋粿翹……」

小販每天幾乎都是固定的時間來，大人、小孩身上也有隱形時鐘，不是午睡醒來，便是肚子開始咕咕叫，心裡盤算著：這賣粿的也該來了吧？果不其然，巷口傳來了清徹的叫賣聲，小孩爭相奔出門外，就怕一步慢，小販看看沒人，踩起三輪車，又走了。

賣粿的掀開竹籠，翻開棉布，一陣白煙衝天，又香又Q的油蔥粿或是九層炊在眼前晃動，看得貪嘴小孩直嚥口水。小販將粿一刀一刀片下，盛在小碟裡，淋上特製的油膏，油蔥的味道滲入粿中，醬料也是，一口一口全滑進嘴裡。好好吃啊！吃完，叫老闆打包兩塊芋粿翹！芋粿翹熱騰騰的黏在一小片荷葉上，更添幾分香氣。紫灰色的芋粿翹是我的最愛，不知道為什麼，小販炊的就是比媽媽在市場買的新鮮美味。好吃是好吃，但頑皮的小孩總會在你旁邊這麼唸：「芋粿翹，吃到半路死翹翹！」爆米香也有童唸：「新娘水噹噹，褲底破一孔，後壁爆米香，米香沒人買，新娘跌到屎溝仔底……」總之是好玩，求個押韻，但吃東西的人卻吃得臉色一陣紅一陣青。

小孩是粗野人，包括我自己。那時穿著短裙四處跑跳、到處磨蹭，衣褲破掉是常有的事。有回抱著一袋爆米香，某個鄰居男孩突然衝出來翻我的裙子。死翹翹了，那天內褲真的破一個洞，大夥兒譁然大笑，我羞得哭了起來，好長一段時間，見到爆米香我就臉紅。而不幸跌到水溝裡，又是另一個故事了。

賣粿和爆米香的通常是上午或下午來，到了黃昏，賣包子、饅頭的老伯伯騎著腳踏車來了。伯伯中氣十足，尋常是這麼喊：「滿頭——，顳頭，饅頭——，蠻透」四聲起伏，長短音交錯，像唱歌一樣，真是好聽。又因為山東大伯的口音新鮮有趣，也成了小孩最愛模仿的對象。

吃過晚餐，看完八點檔，功課卻還沒寫完，爸媽一邊生氣吆喝，一邊就把電視關了。糟糕！今天作業特別多，外加訂正考卷，罰寫十遍，看來又要寫到十一、二點。我拿起沙漏當馬錶，每到緊要關頭，我都用這招，沙漏漏完，一行字就得寫完，效率奇高，但字也奇醜。漏了一夜的沙，晚餐積存的能量也差不多耗盡了，不擔心，還有消夜呢。

消夜時段來的攤販，一般是賣麵茶和燒肉粽的。賣麵茶訊號最特別，不必叫喊，只要在靜夜裡，聽到一陣茶壺燒開冒氣的聲音，那就是賣麵茶的來了。麵茶其實是米麩，米麩加上糖，炒過之後呈現褐色，開水一沖，攪勻之後，便是又濃又稠的麵茶。麵茶有時配上一塊膨餅，冬夜裡吃麵茶，從頭到腳都暖和。

麵茶的攤子消失得早，國中之後，夜裡來的，只剩下賣肉粽的。

所有小販的叫賣聲就屬賣燒肉粽的最悽涼，或許是來得最晚，也可能是尾音拉得最長。「燒——肉粽——，賣燒——肉粽——」，一聲一聲傳來，如果是雨夜，叫人聽了鼻酸，此刻我若熬夜讀書，必定會推開窗子：「賣肉粽ㄟ，稍等一下！」隨即飛也似的奔下樓去。有時等了一夜，小販卻沒來，不免讓人聯想：是家裡有事？還是昨夜下雨，染了風寒？大概是郭金發唱的一曲「燒肉粽」太深入人心了！

「自悲自嘆歹命人，父母本來真疼痛，乎我讀書幾落冬，出業頭路無半項，暫時來賣燒肉粽，燒肉粽，燒肉粽，賣燒肉粽……」到底是夜半的叫賣聲引發歌詞的想像？還是郭金發的歌聲，讓人覺得賣肉粽必然有悽涼身世？恐怕是互為因果吧。而我的任務，也只是努力地吃，快快考上理想學校！

其實沿街叫賣的小販，不單是賣吃食。最叫人熟悉的，無非是收報紙、破銅爛鐵的。另外還有磨菜刀、剪刀；修紗窗、紗門、玻璃的……。

前不久，我家後陽台的紗窗破了個小洞，叫人來修也不是，貼上膠帶又三不五時掉下來。有個閒閒的夏日午後，大馬路上突然傳來了「修理紗窗、紗門、玻璃」叫喊，我正想推窗，但隨即想到：我住在大樓，即使只是六樓，但隔著這樣的高度以及馬路上卡車來往的聲音，就算拿著擴音器，小販也聽不到吧？果然，才只是轉個念頭，小販似乎頭也不回，聲音越來越遠……，然而我的心情卻停留在方才那一刻，想著小販會不會轉業？一天下來，能找到幾個客人？

或者，這些流動攤販就像《百年孤寂》裡的吉普賽人一樣，帶著笛聲、鼓聲還有鈴聲，繼續漂流到下一個村子，依舊販賣著最新和最驚人的玩意。

此刻，小孩已沉沉睡去，夜裡寫稿，肚子也餓了，走到樓下的便利商店，冷藏櫃裡二十四小時買得到肉粽、碗粿和蘿蔔糕。只是麵茶沒有了，油蔥粿和芋粿翹也吃不到。少了等待時的狂想、攤販獨門的叫賣聲，以及童年玩伴的嬉鬧，微波爐裡加熱的肉粽，似乎失去了說故事的魔力，也失去了往昔的味道。

年糕與臘肉

年少時，家中過年必有年糕和發糕，概念與中秋月餅、端午粽子，以及元宵湯圓一樣，不吃這些，就稱不上過節。年糕象徵年年高升、發糕自然是發財，代表著小老百姓的普羅心願。此外，還有煮到微爛帶點黃褐色的芥菜，稱為「長年菜」，有著長命百歲的意味，也是餐桌必備。芥菜帶苦，加上父母親廚藝實在不算精良，這道「長年菜」是我過年最怕的菜餚。我猜想這也許象徵來年未必一路高升又發財，生活是甜蜜，總得要吃點苦頭才行。還好這道菜一年只吃一次，眉頭一皺，嚐上一口，苦頭也就撐過去了。雞、肉、魚也紛紛上桌，要記得魚不能吃完，才能「年年有餘」，再一鍋魷魚螺肉蒜湯，敝小家庭的年夜菜也是滿滿一桌，大約十道，熱鬧開動了。

小時候過年，父親會接連著好幾天，天天炸年糕上桌，算是除了娃娃酥心糖之外，一道我們過年必吃的甜食。只不過父親的年糕總是裹了太多的麵粉，長大後吃遍別人家的炸年糕，才知道好吃的秘訣在於年糕的外層要豪邁地裹上一層蛋汁，而非厚厚的麵粉，如此一來，年糕軟嫩、外皮酥脆微透，好過放涼之後的麵粉外皮。

魷魚螺肉蒜湯則是一款不會失手的年菜，被我視為和瓜子雞湯一樣，屬於「零技術」的美食。乾魷魚泡軟、大蒜切幾支，倒進一罐螺肉罐頭，加入原來泡魷魚的水稀釋後，一道鮮美的湯就可以上桌。只要會開瓦斯、開罐頭，第一次下廚的人都可上手。螺肉罐頭甜鹹味俱足，幾乎不必再調味。講究一點，魷魚泡軟後，可以先下鍋與蒜白拌炒增加香氣。這道菜有乾貨、有罐頭，算是平價中略顯高貴的應景年菜了。

後來我才聽說這也是知名的酒家菜，大概是因為備貨輕鬆，乾魷魚和螺肉罐擺著也不會壞，加上吃酒家菜，主角當然還有酒，更何況還有許多人醉翁之意不在酒。大概是這樣，不失手的魷魚螺肉蒜湯也就成了常見的佳餚。

年紀漸長，才有機會見識到別人家的年夜菜。最費工的當屬我一個外省朋友，他家有庭院，母親為了重現兒時的家鄉味，早在年夜飯前的一、兩個月，就把身經百戰的汽油鐵桶抬出，食材的張羅就此展開了序幕。大凡臘肉、香腸，甚至豆豉、醬料，聽說他的母親全部不假他人之手。庭院中不時飄出炭火稻穀香，香腸、臘肉也掛滿了曬衣竿。

他說多年之後，看了李安的《飲食男女》，大家記得的是週末等待三位女兒回家吃飯的退休廚師郎雄，可是他最記得的，是電影裡那個燻肉大鐵桶。

每一年的團圓飯，等這些食材就緒，他媽媽便一一烹煮，最後排出十道小臉盆般的佳餚，稱之為「十全十美」。而且菜名亦好聽，什麼步步高升、金玉滿堂、走油扣肉……，幾乎全是功夫菜。他家的「步步高升」可不是年糕炸一炸就算了，而是蛋肉卷切片疊起，聽起來就超費工啊。

同屬於台菜系，婚後婆家的年夜飯雖沒那麼費工，還是讓我見識到財力和廚藝的不同等級。他家可不吃甚麼魷魚螺肉蒜湯，而是含有鮑魚片的火鍋。我家餐桌少見的烏魚子也是年年上桌。其他的菜倒是大同小異，只不過我害怕的芥菜，卻是婆婆心頭好，她煮的芥菜或許沒那麼軟爛，不是黃褐色，加上可能高湯或干貝提過味，也沒那麼苦澀。

由於母親忙於美容院分擔家計，不擅烹飪，我自小嘴叼，反而造就我對做菜的一點點興趣。結婚頭幾年，我也不甘示弱，初一一早，我則是備好金華火腿、春筍和臘肉等食材。火腿、豬肉、春筍和百頁，是為了煮一道費工的上海菜「醃篤鮮」，我喜歡那白濁帶著鹹味的甘鮮湯頭。而蒜苗臘肉一樣是零失敗的簡便佳餚，臘肉、蒜苗切一切就可以下鍋炒，完全不必調味。只不過我這些到處吃來的大江南北口味未必盡得人心，加上我總是特地上南門市場買金華火腿，於是費工的醃篤鮮就慢慢退出了江湖。臘肉倒是容易取得，大賣場過年也有得買，而蒜苗臘肉多少混合了小時候家中的魷魚螺肉蒜湯，以及外省朋友家庭的臘肉記憶。臘肉、臘月，無論如何，這才有了過年的氣氛，雖然我不曾在十二月將豬肉掛上竹竿，在天寒地凍的日子裡準備過冬和開春。

我喜歡湖南臘肉和港式臘腸，也許這象徵我長大之後接觸的人漸多、見識漸廣。雖然臘肉、臘腸可以變化的菜式不多，大多是配上蒜苗炒一炒，但是吃不完可以和上白飯做成炒飯。臘腸也是炒蒜苗，或是蓋在飯上用電鍋去蒸，做成港式臘味飯，同樣也是方便實惠。

也不知哪一年開始，年邁的婆婆不再準備年夜飯，除夕夜，我們開始上館子吃飯。台北市許多知名餐館，除夕夜開始不打烊，而且還分成兩個時段。從此，家家戶戶聚在一起吃年夜飯好不熱鬧。好吃掛保證，只不過每一桌吃的味道都一樣。初二回娘家，我們家也是吃飯店的自助餐，食材和人群同樣包山包海，而且每一年都吃到撐。家家戶戶都富裕了，比較娘家和婆家，我也感覺不出剛嫁過去時的財力差距了。

然而簡便久了，年味也就淡了。

而且忘了是哪一年，便利商店開始賣起年菜，對準的是那些在家團圓但懶得下廚的家庭。我好幾次心動想買，但因為年夜飯和初二已經在外用餐，剩下的年菜也沒幾餐。許久沒下廚的我，好歹也要有個家庭煮婦的樣子。加上孩子早就沒有吃年菜的習慣，大過年的，還是想吃披薩和漢堡。

年糕在婆家不是過年的常備菜，先生也不愛吃。但我還是年年備著象徵著年年高升的意思。年糕、年糕，年年高、年年高升。只不過孩子已經停止長高了，先生自行開業，也不需要高升。或許這一切象徵意義，對他們來說也不重要吧？還記得前幾年，我家的年糕放到發霉。但我還是固執地買上一個小小的年糕和發糕，意思意思，就當成是生日蛋糕那樣擺著也好。因為對我來說，沒有年糕和臘肉，就不算是過年，即使女兒們不太知道年糕是什麼碗糕。

輯二
小風景

問號

第一次見到那女子，是在豆漿店門口。她兩手握著銅板，不停來回踱步，口中唸唸有詞，靈魂禁錮在一個無人知曉的地方。齊耳的頭髮像麵條，看上去有幾天沒洗了，淺綠色家居衫裡似乎未著胸罩，看得見她細瘦的乳房形狀。仔細瞧她的容貌其實相當清秀，而且十分年輕，應該不到三十。如果正常，也許還是個大學生也說不定。

她起碼原地繞了五分鐘，又將手上的錢數了好幾遍，終於下定決心走到擺放燒餅包子的玻璃櫃前，把錢輕輕一擱。歐巴桑店員問也不問一聲，俐落地用塑膠袋抓起了一塊甜燒餅，遞給她。

真不知這是多久培養出的默契？

我接過自己的豆漿和飯糰，很想打聽那人的身世，但看看店員疲憊的神情，也不好意思多打擾，將話吞了回去，留下一團問號離去。

往後這女子便不定期地出現在我的眼前，同樣長度的頭髮、幾件不同款式的家居罩衫，永遠都在找尋食物的路上（每次都是在麵包店和豆漿店遇見她），永遠都拎著一個塑膠袋，想必身上也都帶著錢。

我不曾聽過她的聲音，但從她喃喃自語的模樣，顯然不是個啞巴。除了和自己對話，她與外界的溝通明顯是阻絕的。店員接過她的錢，除了將食物裝袋和找零之外，沒有一句問話或是謝謝光臨。彷彿完成了結帳動作，眼前女子的一切也就消失不見。

像她這樣的一個精神異常的年輕女子，總讓我微微感到不安，彷彿幽暗中會有一隻污穢、惡意的手，侵入她那不設防的身軀。然而在店裡、在路上，又好像除了我，沒人盯著她看，沒人注意到她的存在。人們的視若無睹，總讓我懷疑女子難道只是一個幻影？

保持距離，說起來是城市人的「基本禮儀」，大家習慣避開那些不應該知道、不應該介入、不值得了解的人與事。況且像她這樣的女子，到處都是，人們彷彿已經預知她的故事：也許是被男子狠心拋棄、被朋友陷害誣告、小孩不幸夭折、遭遇家暴……，而她不過是那個比較不堪打擊的脆弱乾草。是這樣吧？

只是每當她走過我身邊，我還是忍不住多看她一眼，感傷她的青春。或許是因為她的容貌和我有幾分相似，或是我以前也愛留學生頭的原故。如果世上真有忘憂草，她會不會清醒過來？把頭髮好好洗乾淨、打直腰來、換一套好看的衣服，塗點胭脂。也許她可以試著忘掉那些傷害她的親人朋友、那些傷心往事，展開新的人生。可能嗎？她的家人，也這樣勸過她嗎？或者全世界的人都摀住了耳朵、閉上了眼睛？

上一個週末我又遇到她了，像往常一樣，微彎著背、提著食物，在忠孝東路五段踽踽而行，而我也已經漸漸習慣有她的風景。只不過這天，她的穿著明顯正式一些，深灰色的薄毛衣、淺灰色的長窄裙，看上去是一整套的，我正感到精神一振，卻看到她的裙子前後卻各有一塊污漬。仔細一看，應是兩片乾掉的經血，彷彿提醒人們她的體內還有那麼多源源不絕的青春，但如今卻是這麼難堪、傷感地在大街上風乾成赭黑的血漬。

路上行人匆匆，不見任何人像我一樣盯著她。

轉了幾個彎，買了一些麵包、水果、雜貨，繞了一大圈，快到家之前，她竟又與我擦身而過。這一次，我更仔細地看了她的裙子。天啊，後面污漬的中間還破了一個桃子大小的洞，如一個招搖的暗示。她一個人住嗎？給她錢的家人有沒有提醒她換一條裙子？還是在她漫長的晃盪路程中，磨破了裙子，又剛好經血來潮？

而我，終究像別人一樣，並沒有向前拍拍她的肩膀，提醒她回家換一條乾淨裙子。我轉身踏進自家大樓的樓梯間，看著她，彎著背，像一枚問號，飄盪在城市的大街。

內衣選購指南

百貨公司最常見的拍賣花車大概就是女性內衣了。週年慶時，很多賣場在賣女裝、內衣的樓層，將花枝招展的內衣就沿著手扶電梯的主要通道一字排開。很難想像保守的台灣人怎麼好意思如此熱情奔放地在大庭廣眾下採買內衣？

多年前在美國讀書時，幾乎不曾看過美國有這種內衣拍賣會，大多是專賣店，畢竟內衣是Victoria's Secret，既然是秘密，性感可以辦時尚秀、可以發行影帶，當然就不是這樣廉價地拍賣。

後來我大概理解台灣百貨公司業者的心態，內衣是秘密，平時隱藏不見，藉著拍賣時推出來見光，吸引女性消費者不顧害羞熱情採買，而男性消費者也樂於陪女生逛街，或是自己閒晃。只是人一多，貪圖便宜、各式體態的大嬸阿姨一擁而上，燈火通明、人聲喧譁，不過就是一塊布，所有的性感想像也就一哄而散。

無關女權，美國與台灣內衣選購指南的差別，在於主事者（通常是男性）希望女性的內衣如何被觀看？普及未必是美好的享受。

我的少女時代，買內衣通常是母親代勞。而且我們哪裡懂得什麼各式罩杯和鋼圈？且彼時尚且瘦小，內衣的功能主要是避免運動跑步時晃動，還有夏天衣服太薄時會走光。母親多半是在菜市場買內衣，自然也就沒有所謂的測量與試穿的服務。

真的是到大學後期甚至大學畢業，我才曉得內衣要到百貨公司買。這時才知道原來內衣還有分罩杯，且穿著還有竅門，兩旁往內撥，馬上升級一個罩杯。原來不是每次都一A或一B到底，難怪學生時代永遠看起來清秀可愛。只是專櫃小姐將手伸進妳的胸罩時，妳還是大吃一驚。

不過真正罩杯升級還是生產過後的事，不知是變胖還是脹奶關係，總之被歸到有胸階級，也算是產後福音。

如今社群媒體盛行，女孩們時不時就來一張爆乳照吸睛，不像我們過去流行清純造型。只是現在內衣款式多，各式海綿襯墊、真水厚墊、集中托高、危險深V，弄得真假難分。有時真要脫掉衣服，才會大喊一聲：假的！我的眼睛業障重啊。

現在，性感美麗於我還是重要，只是舒適還是重過那些華麗的障眼術，特別是夏天。

低腰褲

夏天一到，低腰褲連同熱浪洶湧奔流於街頭，火辣辣、肉顫顫，令人頭暈目眩、心跳加快。

走進服裝店，高腰褲早已消失無影，有的也都是過時的歐巴桑款式。我不得不順應潮流，將自己塞入這青春的容器，然而歲月累積的贅肉硬是無辜且無奈地被擠出褲外。

怎能不感慨？低腰褲其實締造了一個前所未有的時代。翻開流行服裝史，打從女人開始穿長褲上街，褲子的變化一向只在褲腳的長短與寬窄上打轉。長褲、七分褲、九分褲、喇叭褲、ＡＢ褲……反反覆覆流行。而褲頭始終都是高腰和中腰，不曾有哪一個年代，褲頭滑到肚臍以下一寸、二寸……，彷彿全球暖化現象，飆升的溫度，從此再也冷卻不下來。

這到底是好事，還是災難？肚臍以下，那原本最引人遐思的部位，如今昭然若揭；緊實的腰臀和癡肥的脂肪交錯互現。和我一樣緬懷過去、嚮往隱匿美感的人也只能大嘆：所有美好的改革開放，難免都有後遺症。

於是，低腰褲搭配著瘦身業，在城市裡，從大街延燒到小巷，彷彿是種陰謀。減肥藥、油切茶、燃脂霜，外加油壓按摩與健身房，我們從不曾對肥肉這麼咬牙切齒過。

而人近中年，不得不承認：股溝，其實是一種代溝。

遙想八〇年代的青春男女，露肩、露腰已經夠風騷，如今乳溝與股溝滿街招搖。我們那個年代談戀愛，男女從互有好感到牽牽小手，彷彿都得經歷半個世紀的折磨。現在的少年仔，沒事抱在一起、坐上對方大腿的，也可能只是朋友。

這就是二十一世紀，一切都讓人措手不及、無法喘息。

ＭＳＮ、手機、簡訊與低腰褲如影隨形，撒下了天羅地網，將我們的身體、行蹤，層層疊疊牽制住了。走在街道上，每個人都是一支天線，接受電波，也釋放電波。我們如此暴露，卻又如此虛幻。

開車在熱氣燻人的馬路上，汽車旅館的霓虹招牌在我們身後閃閃爍爍；檳榔西施正搖曳著她們的青春。這是個潮濕迷離、春光無限的城市。

網路、手機、低腰褲，彷彿將飲食男女拉近了，讓我們看得更清晰。然而有時太過清楚反而是種破壞，破壞了模糊與曖昧的發酵期。許多界線消失了，然而距離，始終還在；情慾，常常草率宣洩，或依舊壓抑著。

這是網路時代、電波時代、熱浪時代，也是低腰褲的時代，不管你我愛或不愛，它們已經流進這城市的每個角落，滾滾而來。

浮描按摩院

師傅的手掌順著我的頸部慢慢滑下，推到肩胛骨之後，再沿著上臂、下臂，來到指尖。這一路拿捏，痠痛麻交織，複雜的滋味恍如初戀。

正當我陶醉於這次親密的體驗，師傅握著我的手，突然輕嘆口氣：「唉，妳這手是好命小姐的手，又小又軟，和我的就是不同。」

聽她這麼一說，我好奇地抬起脖子，遂和一張豔麗的熟齡臉孔打了照面。三號師傅有著湯蘭花一般的深邃五官，以及嬌小的身型，要說徐娘半老風韻猶存，指的大概就是這樣的姿色。

被美人誇獎，我不免驕傲又疑惑。只見她伸出指節粗大如樹枝的手：「喏，妳是小姐的手，我是丫頭的！」

繼續往下按。手臂搓揉完畢，接著是腰背。腰部以下的臀腿才是戰鬥重點。頑強的脂肪在此地駐守多年，該有的曲線早已節節敗退。唉，我是小姐的手、姑娘的腰、大象的腿。

「不會啦，妳這腿『寬敞』，這樣才好按。」師傅一邊大刑侍候，一邊接著說：「妳和我以前在理容院上班的一個客人好像，她也是下半身『寬敞』。」

理容院？是那種外頭有泊車小弟，裡頭看來暗藏春色、深不可測的理容院？那裡不是清一色男客？

「有女客的，大家也是來按摩。只是我那位客人愛賭，喜歡出手重，不像妳，好人家，輕輕捏兩下，痛得哇哇叫。」

啊，果然是牛鬼蛇神雜處之地。我不由得肅然起敬，人家可是見過場面的！

我家這一帶按摩院特多，掛的都是腳底按摩的招牌：足中天、足滿意、足功夫、足體會館……，一聽就是大眾化路線。而且兵分兩路，一派是台妹，一派是大陸妹。前一陣子惡性競爭，三十分鐘的破盤價一度殺到二九九。

我怕痛，以前看師傅在電視上替人捏腳，痛得藝人們鬼哭神號、連滾帶爬，我也以為這一按，百病難遁形，何苦自己找罪受？因此多年來路過這些店，僅止於觀望，從不曾涉足。只因前陣子促銷打得兇，加上聽說在大陸這類按摩店火紅，人們下了班就進去放鬆放鬆，比咖啡店還普羅，而且喝茶、看報、閒嗑牙，儼然是新興的情報交換所，有如鄉民圍坐樹下泡茶兼嚼舌的城市進化版。於是我好奇地看看門口掛的營業項目，不外是油壓、指壓、筋絡放鬆，再依部位分為腳底、半身、全身……看來稀鬆平常。裡面的客人或喝茶，或看報，或打盹，全無神秘氣息。

油壓我試過，以前是在沙龍做。淋浴、蒸汽、電毯外加太空艙，噱頭一大堆，一趟下來將近兩小時，但師傅按摩時間不到半小時，有時還以按摩棒代勞，胡亂攪拌，彷彿自己是一塊等待打發的奶油。是不是瘦了全得靠想像，費時不打緊，小姐拚命鼓吹包套課程，這一包，包山包海包產品，荷包大失血，感覺真像剝了一層皮。於是按摩院這誘人的價格，終於吸引我推門一探究竟。

足體館的師傅通常技術到位，搓、拿、壓、按、踩，走筋絡也鬆筋骨，而且三十分鐘就是三十分鐘，絕不灌水。按完之後毛巾熱敷擦拭，省去了淋浴、蒸汽以及電毯的拖泥帶水，省時省錢，皆大歡喜。只不過，我怎麼都沒想到這帶著村氣的足體按摩院會是神秘且帶著江湖氣味的理容院之普及版。

至於三號師傅之所以「流落」至此，主要還是因為競爭。聽她說：豪華的理容院裡，女人一旦上了年紀，做的活往往更吃力，年輕美眉負責倒茶、揉手，年長熟女得出力按壓全身，姊姊拚不過妹妹啊！

我小心地探問，那裡是否有色情的氣息？

不會啦，那是泰國浴。還有，那些掛著旋轉霓虹燈的……，只有這些地方要小心。

那些角頭老大呢？我看電影，他們全都窩在理容院，一躺一整天，有時躲警察、躲仇家，妳不怕嗎？

不可怕啊，黑社會的人也是人，躺平之後，每個人看起來都一樣。老大旁邊會帶著小弟，小弟有時在旁邊當保鑣，有時也跟著躺下來馬殺雞。

那他們身上的刺青？

就是一般刺青。

她怎麼講都是風淡雲輕，我怎麼聽都是波濤洶湧。捕風捉影，腦海裡全是煙霧迷漫的電影情節。我更有一種被過氣花魁服務的陶醉幻想，從此成為她的熟客，每週必來報到。

三號師傅服務地道，按摩從不馬虎，倒茶、送客也客客氣氣。話不多，但有問必答。我誇她漂亮，年輕時想必追求者眾。她便笑說：「以前泡舞廳，現在跑佛堂。」說起跑佛堂，理由是身體不好，拜多了竟然好轉。

「大概是以前拿掉過兩個小孩，有點報應。」聽起來像八點檔，但她卻說得像是感冒打噴嚏。

年後，我又去按摩院報到幾次，三號沒來，換成八號。八號聽說我愛聽故事，倒也努力貢獻，但說的盡是哪一個男客要她按摩「正面」、哪一個老女人盡挑少年師傅……，而最多還是抱怨客人佔小便宜：只按三百五十元，還要拚命揩油送時間；按完了才說不過癮，明明貪便宜，卻老愛說自己是哪個俱樂部的VIP。「一節只收三百五十，還要東加西送，阿無汝是欲安怎？」

我聽完無聊牢騷，不是嫌她技巧不好，只是益發想念起三號，我問她：「三號去哪裡了？」

「妳說蘭姊嗎？她又回理容院去了。」

看來收入是實際問題，姊姊不敵妹妹，還是得認了，這就是人生。

直到三號離開，我才知她叫蘭姊，而八號也人如其名，叫做阿珠。師傅與客人個個不同，但這裡不興喊名字，紅塵浮浮，我們彼此擁有的只是代號——我是「美女」，她是「三號」。

公共電話

書店門口有台公共電話，句點一樣地懸掛在牆上，始終不見有人使用。人手一機的行動時代，誰還會古典地打公共電話找人呢？或許是推著老先生老太太出門的外籍看護？或是半夜裡偷打電話給情人的青春男女？

不，都不是吧？菲傭和青少年，人人都有了手機。

電話旁邊有兩個舊衣回收箱，倒是不時有人將淘汰的衣物丟入。因為搬過來不久，門可羅雀的下午，我常常一個人盯著那台無人使用公共電話，對它產生了同情。門外偶爾也有人走過，也會好奇地看著我，是不是同樣帶著一點同情？二手書店會不會太復古？而且還開在圖書館旁邊。

恐怕是我想太多了，書店沒有公共電話那麼悲情，而且我總是樂觀地相信這就是我要的生活，大概還需要多一點時間經營。

反觀公共電話，出生在手機與網路普及的年輕世代，大概很難想像它們曾經傳遞過多少的情感。連「超人」都在電話亭裡換裝變身，換上藍衣外搭紅內褲，才能飛上天際，拯救世界。

比較日常的使用狀態，約莫是在過往的學生時代，假裝出去買東西、倒垃圾，打公共電話給熱戀中的戀人，因為怕家人的監視與偷聽。更懸念的畫面，則是在當兵或是成功嶺，一到休息時間，一群人排隊等著打電話，就為了電話那頭有個心心念念的人。三分鐘快到時一聲嘟嘟，時間一到，錢沒了，話沒說完也只能再見。再見又不知要等待多少的思念煎熬。

公共電話普及的時代，思念不只悠長且可以測量。

如今一切都太快、太即時，再沒有人為公共電話寫一首歌，像Joan Baez，因為接到Bob Dylan在某個電話亭打來的電話，而跌入舊時光，憶起她為他買過的袖扣，憶起這個曾經短暫漂泊到她臂彎的浪子，往日戀情皆如鑽石與鐵鏽。

又或者是拍一部電影，像《阿飛正傳》裡演警察的劉德華，雖然不曾想過張曼玉會真的打電話給他，但每次經過電話亭，他總會停一陣子。

現在大概不會有人對公共電話充滿了想像、等待、失落或狂喜了。除了我，因為它就這樣日日夜夜地站在我的店門外。

有一天，我終於忍不住站在公共電話前，想起某個依舊想念卻因誤會而失聯的朋友，心情就像這台收不到回電與email的公共電話。

突然，二樓管委會的小姐正要上樓，好奇地看著對著電話發呆的我。於是我問她：這電話有人用嗎？她說：有啊，滿多人，而且前不久中華電信才換了新機器。妳看，本來是綠色，現在是藍的，不是嗎？

我想了很久，還是想不出誰會打公共電話？

終於想到了，這麼大的國宅社區，或許有人出門忘了帶鑰匙和手機，打電話給家人或鎖匠。公共電話只是為了應急吧，哪來那麼多的感情？

快打旋風與夾娃娃機

客運從高速公路下來時，在三重的紅綠燈路口塞住了，我隔著車窗望著娃娃機店鋪裡一個男子，神情專注地夾娃娃。鐵爪子下去了，虛空地拉起來，一隻二、三十公分的絨毛兔子，微微地動了一下。男子又掏出一枚硬幣，小兔子又動了一下，往洞口靠近了一些。接著又二枚硬幣，只差一點點就到洞口了。啊，又掉下去了。

我的車子終於也動了，駛離的時候，男子依舊深情盯著他目標的兔子。到底是怎樣的執著，讓他這樣孤注一擲？這人看上去的年紀，也不像是會抱著絨毛兔子睡覺的大男孩了。是女朋友要的嗎？

滿街的娃娃機，有人說這是「末端經濟」的來臨。若在凌晨時分，行走在空無一人的街道，看到一排閃著日光燈的娃娃機，彷彿這個城市被成千上萬的娃娃攻佔了，有如末世的光景。

夾娃娃機大約是三十年前的懷舊機種了，網路時代，3D虛擬實境的遊戲都已經如此興盛，人們還有什麼新鮮刺激的遊戲沒有玩過？這樣的復古情懷怎會捲土從來？恐怕是實物「咚」一聲掉下來，摸得到、聞得到的感覺還是比那些虛擬的寶物、貨幣踏實。

三十年前，還沒有網路呢，除了娃娃機，你還記得春麗嗎？快打旋風裡綁著兩球頭髮，穿著唐裝的中國少女，降生在十二星座的春麗。

那天我搭著客運從台中回到台北。回想起二、三十年，我在台中住了一年，常陪著剛從大學畢業的男友，在街角找一台快打旋風，而每一次他都選春麗。明明還有拉斯維加斯的拳王泰森，以及臥佛前打著赤膊的泰國拳僧，但他每一次都堅定地選擇春麗，如此深情的動機，到底是什麼？

倘若當年沒有分手，是否我們現在會一起玩寶可夢或是旅蛙？又或者是三十年多前，在獅子林或是萬年大樓，我們站在初戀男友的身後，看著他們玩小精靈。

當感情碎成一段一段，彷彿沒有誰的手可以真正握得住，我們也不知道究竟是誰的錯。但有些事情好像比較容易掌握，比如夾娃娃，雖然帶著一點賭注的心情，但你相信丟下一枚枚的銅板，相信花了時間與金錢，應該就可以擁有那個娃娃。站在夾娃娃機前的人是這樣想的嗎？

或許我又想太多了，年紀大了容易懷舊，也許夾娃娃的人只是打發時間，且聽說容易上癮。而滿街的娃娃機，據說是台灣薪資停滯太久所引發的創業風潮。業者說景氣低迷太久，娃娃機就會翻身，因為這個產業低成本也低消費。然而很多人認為娃娃機終究是泡沫，我也希望快一點有一波景氣熱潮將這個泡泡弄破，把那一個個像是被娃娃催眠的人帶離現場。

孤島歌手

影城裡出現了一排電話亭式的ＫＴＶ，無視於熙來攘往的人潮，每個都像是一座孤島。島上有的兩個人，有的一個人。

有人說抓娃娃機和投幣式ＫＴＶ的興盛是「末世經濟」的象徵，原因是低成本、低消費。只花少少的錢，小小滿足一下孤寂的心靈。於是，一台台機器在城市裡蔓延滋生。在等電影、等朋友，或是看完電影仍徘徊不去的碎片時光，投個五十、一百，填補一下空虛。

但我覺得娃娃機和電話亭ＫＴＶ還是有很大的不同，前者是三十年不變的復古情懷，後者怎麼看都是不斷進化的新品種。

除了野放式的山歌對唱，最早的歌唱娛樂稱之為「卡拉ＯＫ」，恍如歌廳的紅包場，一組伴唱器材佇立在舞台上，台下的客人有的喝酒、有的聊天。上台唱歌需要一點點勇氣，要有壓過台下喧囂的氣勢。倘若唱得好，或許會傳來一句：八桌來賓點唱〈台北今夜冷清清〉。業餘的歌者也能得到一點職業的虛榮。

再來就是我們熟悉的ＫＴＶ了。畢竟不是每個人的歌聲都上得了檯面，關在小房間裡，愛怎麼嘶吼、愛怎麼走音都行。反正啤酒或是膨大海一灌，每個人都可以唱出自己酒後的心聲。只是小房間裡問題多，有時城市的虛華糜爛就溢滿了一地。

而電話亭ＫＴＶ的前身，應該是陽春款的投幣式ＫＴＶ。樣子跟電動玩具一樣，一台電視螢幕、一塊操作面盤，投下硬幣，就可以展開一個人的ＫＴＶ。我一直沒試過這種投幣式ＫＴＶ，在城市裡揪人唱歌太容易，即便我已經過了愛歡唱的青春期，久久才去一次錢櫃或好樂迪。聽說投幣式ＫＴＶ多置於鄉村，有些在部落裡，讓一些未出世的好歌喉沒事可以舒展，無須鑽入都市叢林，揪團花大錢。

或許是想像那些鄉村歌手唱歌的模樣太孤寂，又或者人家只是一種隨興，總之，我認為這些KTV都像是一座座的孤島。如今這些孤島居然漂流到城市，裝上了電話亭，每一個歌者都像是在魚缸裡張嘴呼吸的金魚。一個人看來寂寞，兩人則貌似甜蜜。

這天我好奇地想走進KTV亭，打算唱一首周璇的〈天涯歌女〉，試試看歌單是否像他們號稱的那麼齊？誰知機器剛好故障。噯呀，想來機器跟我不是一條心，真是天涯海角，何處覓知音？

You Have My Word

最近鋼筆復興，大有一種手寫要重新振作之感。手寫的機會越來越少，所以手上的筆就要更顯慎重，這陣子我也煞有其事地買了兩支鋼筆。老實說，我習慣用鋼珠筆，有鋼筆的水感但是更輕便好寫，買鋼筆反倒是順應流行。

我的學生時代用鋼筆的人也不多，因為鋼筆貴重，多半是用來送禮，比如畢業典禮或是考試高中。小學畢業時，我父親送了我一支派克鋼筆，吸墨水時還會弄髒手，印象中用了幾次就沒用了。彼時玉兔和利百代原子筆才是主流，我偏好利百代，原因是筆尖細一點，寫起來不像玉兔那麼粗獷豪邁，適合我們這些手小的女生。

筆用來寫作業、寫筆記，大一點時，更喜歡寫信。許多當面說不出口的話，落筆為字時，多了一些時間思考斟酌，似乎就變得更妥當且勇敢了。

信是情感的拿捏練習。我不能想像不寫信的人如何談戀愛。只是文字看不到表情。如果表達不夠精準，或是閃爍遮掩，難保沒有誤會閃失。而且信寄出去之後還有一段時間旅行，這段時間的心情變化也難說沒有變化轉折，統統加深了文字所帶來的期待與折磨。

信產生直接衝擊，經常比當面交談時來得嚴重。有時你打開信時，會感覺一陣微風，或看到一個人跳到你的眼前，有時像是被火車迎面撞擊。你通過了信，通常也就經歷了世間大多的情緒。

我最常寫信的時期大概都是在談戀愛。對男生來說，很多人在成功嶺或當兵時，加重了寫信的頻率。我的初戀男友第一次從成功嶺寄給我的信，我至今都記得厚達七頁。我自然大為感動，問他為何寫那麼長？他說陌生的團體生活太苦悶，晚上躺在床上沒事，就攤開紙筆寫信。信成了他的日記，我猜。而我是彼時他唯一想傾訴的對象。

後來大三時，我也收到某個學長當兵時寄來的信，雖然我不是他的女友，但我明白他的心情。他寄了一張學士照給我，也請我寄張生活照送他，我想了想，不忍掃興，竟然也寄去了，只是信裡不帶太多感情，慢慢也就失去了聯絡。

我收過筆友的信、男友的信，更多的是明信片以及聖誕賀年卡。如今能收到的大多只是寥寥幾字的卡片了。

有次和一個多年朋友見面，問他一些問題，於是他寫下一些東西給我，我傻傻地看著他寫字，感覺新鮮，沒想到他微笑告訴我：「妳一定看過我的字啊，我們曾經通信。」一句話就撞了過來，我當年到底多愛寫信？

即使到現在，我大概只用email寫信了，但我還是忘不了許多寫信與收信時刻千迴百轉的心情。不管是深思熟慮還是一時任性，對我來說信寄出去的那刻往往就代表一種決心與賭注。在最決絕時，我會在信末補上一句：「You have my word.」

老派與新潮

「一路順風，有空拍些照片吧！」

一位不常見面的好友出差旅行，傳來幾張旅途中的風景照片。沒有感想贅語，大多是當地地標或是交代哪個場景。對不太用臉書、ＩＧ，只偶爾用用LINE的友人來說，我突然意識到，這就彷彿是科技化的明信片。特定的對象、明朗且沒有不可告人的情感，既非家書或情書，收件者亦感輕鬆愉快。

時代演進，這樣的溝通方式實屬老派。現在的年輕人愛用ＩＧ，動不動就上傳美食、旅遊照片，沒事也來張自拍，偶爾還開個直播。沒有特定對象，就像公開的私人相簿，然而網美卻可引來成千上萬的讚，於是有人笑稱這是一個人人狂刷存在感的時代，但是P圖又P到每個人看起來都大同小異。

沒有網路的時代，我們說話往往有特定對象。「有些話我只對你一個人說。」通常不是什麼秘密，而是本來就這樣。

見面說不出口的話，或是相隔兩地，我們才下筆成信。信有一種慎重，或是乘載日常生活負荷不了的情意。稀鬆平常的問候，就成了明信片。

日前搬家整理舊物，我最割捨不掉的就是那些信件。有些明信片也留著，除非是再也想不起來那個名字。與其說是對寄件者的想念，不如說我想要留下那個時代的信物，那樣慎重其事的感情。

網路時代興起，所有的事都可以公開講。我記得多年前有一對知名部落客夫妻，太太就曾在網路上說：「現在我們夫妻面對面坐著，各自打著筆電在網路上交談。咦，我們幹嘛不當面說話？」

所有的話都隔牆有耳，因為渴望隔牆有耳、想像被偷窺。

說起來我也是成天PO臉書的人，一腳跨在現在，一腳跨在過去。我往往一天一則動態，有時轉轉文章或資訊。最早上網也是因為居家生活封閉，與其找樹洞不如上網看看，沒有特定對象的書寫反而沒有壓力，久而久之就成了習慣。

可是我依舊喜歡老派的說話方式，老派比較說話算話，不太會「萬人參加，一人到場」。面對面的溝通讓我們習慣有些話先在心裡轉了又轉，說出來比較委婉。也較可以從眼神、肢體體會那些意在言外。老派的情誼往往也比較確實、穩定，畢竟電腦一關，所有的情感與想像也就灰飛煙滅。

我們可以在三更半夜打開臉書或ＩＧ，看到三百公里外的陌生人在你眼前穿睡衣敷面膜，當我們淹沒在一片轉眼消逝的視訊裡，有時我真心渴望收到一張朋友寄來的明信片。

香港的慢情調

都說香港的步調快，旅人在此行走也很難漫步，多年前的一支香港旅遊廣告深植人心：「買東西吃東西買東西吃東西，休息真是不得已……然後又是買東西吃東西買東西吃東西……」把每個旅人都形塑成購物狂或是吃貨。

然而這次旅行香港對我來說卻是休息，近年來去香港也多是因為書展，也不是為了買東西和吃東西。只不過去年住在油痲地，這才發現香港有許多緩慢的角落，彷彿從來沒有改變過。我住的區域多是禮儀公司和老茶樓，方圓五百公尺內沒有星巴克或新式的咖啡館。而大埔朋友請吃涼水的冰果室，牆上還貼著早年的電影海報，顯然不是懷舊，而是一直都在那裡。這個快速進展的城市，很多地方還留在過去。

也不知是否房租太高，香港人很多不把錢砸在裝潢上，許多知名的庶民餐廳顯得破破舊舊，務實和情感懷舊真是一體兩面。自從中國政權來了之後，到處都在「拆哪」！香港書市裡也出現了一些緬懷過往地景、事物的書籍。我手上一本《行街》除了敘述每一區的巷弄人情，書的前頭則是介紹那些已經消失的街道。

這次住在上環的德輔道西，意外得知這一區和永樂街等稱為參茸燕窩街，新舊的氣味夾陳。除了那些南北味，第一個吸引我的卻是路上的書報攤。都說香港的書店少，都開到二樓以上。但朋友說：哪會？固然沒有大型連鎖，但三聯、中華這些有點國營背景的書店還是到處可見。但最奇妙的是書報攤，這些台灣已經不見的攤子，賣的報紙和雜誌極多，好過台灣的7－11，中環附近的報攤，外國的雜誌更是琳瑯滿目，外加香菸和瓶裝飲料，足以撐起一位忙碌上班族的精神日常。

朋友帶去的「蘭芳園」，裝潢似乎也停在當年，服務人員忙到不耐煩，但這可是鴛鴦奶茶和撈丁（炒即時麵）的創始店，門外大排長龍，幾十年來香港人的西式早餐就在這樣簡單的店裡打發了。

更讓人驚奇的是中環的擦鞋匠，這個快要消失的行業，如今成了觀光景點了。時間能多快？停下來擦鞋的時間總有吧？這樣的快慢節奏就是香港吧？

更別說是世界僅存的雙層電車，人只要跳上電車，時間就彷彿回到張愛玲的時代。最後一天的旅程突然下起雨來，在緩慢的電車上望著街上匆忙的行人，木頭的車窗讓人憶起過往，彷彿下一站會有個老朋友上車，我們會相視一笑：「原來你也在這裡。」

隱藏的美味，消失的街道

手扶梯往上，推開皇后街熟食市場大門時，多少有些意外，原以為像舊一點百貨公司美食街，但恐怕要簡陋許多。或許來的時間青黃不接，上午快十一點，早餐已過、午餐未到，食堂裡只有小貓兩三隻。

鋪子不算多，看上去皆老舊。走一圈，有賣粥飯小炒、餃子、還有印度及尼泊爾料理，中西美食，倒也齊全。最後我停在最裡面的一家「曾記粿品」，原因是店裡擺出了一盤盤的粿，有韭菜、芋頭、紅豆等口味，至少看得到食物的長相。一個粿六塊五，我問老闆可以吃熱的嗎？她說：「妳要就有。」點三個以上就幫你煎好。粿品皮薄餡多，老實說不錯吃。而我的一餐，竟然只花二十元港幣打發。

食堂裡的桌上皆有桌牌，可不要坐錯了桌。隔壁一家店名叫ＡＢＣ，賣的是西餐，於是有幾桌桌上便規規矩矩地排了刀叉。我打開菜單，一度懷疑自己是否眼花？因為最貴的套餐竟然要價七百多，平時會有客人嗎？

簡單吃飽後，我對這個「沒落」食堂投以惋惜的眼光，並且拍照留念。

以為這些店沒客人真是自己無知。問香港朋友，都說「曾記粿品」是知名老店，那家叫ＡＢＣ的，更是臥虎藏龍。別怕它隱身簡陋市場就沒人光顧，事實上，還有客人會帶酒來這裡吃西餐。

都怪自己沒有上網搜尋美食，ＡＢＣ的乳豬看起來真好吃。而曾記還是蔡瀾推薦的美食，出名的還有潮式炒粿和煎蠔餅。原來這裡舊時有一條「潮州巷」，拆遷後，幾家小食檔便搬到這個熟食市場。還有一家「陳春記」，主賣豬雜湯，能靠一道菜打天下，功夫通常不普通。我真是以貌取人，太狀況外了。

不過我仍做了點功課，知道名為潮州街的香馨里重建成高樓華庭。七十年前潮州人走難來港，原本多居於這條小巷。當年雖然環境狹小，但熱鬧至深宵。如今熟食市場雖打著「經典潮州名菜重現」，但是對一個離峰時段誤闖的遊客而言，此地實在冷冷清清。

皇后街倒是還在，到底就是皇后大道西。或許你還記得羅大佑的〈皇后大道東〉，硬幣背後的女王已經離開二十年了。「知己一聲拜拜遠去這都市，要靠偉大同志搞搞新意思。」冷暖氣候同樣影響這都市，而人們心中的冷暖也只有自己才知。

從很遠的地方來

到廣州第一晚，想去知名的「方所」書店。搭地鐵三號線，體育西路轉乘。這一線，另一頭可到廣州塔。我攤開地鐵圖，我身旁興奮地一直抖腿的少年突然熱情探向我，要我讓他看看廣州塔還多遠？我說：你不知道路嗎？「不是，我從很遠的地方來。」我笑了笑：「多遠？我從台灣來的，夠遠吧？」他說他不是那個意思。接著拿出手機讓我看了張地鐵站照片，「嘉禾望崗，我今天從那裡上車的，早上六點多就出門了。」我一看，正是我從機場來的中途，不過七、八站而已。「不遠啊，我今天也經過那裡。」他不多說了，車門兩邊打開，跟著我一起跳下車，一會兒看方向不對，又跑進車廂對門，走了，連說再見都來不及。

逛完「方所」，書店真美，書多，也不少文創商品，還有高檔次的設計師服裝。我四處瀏覽陳設，買了本書走。接著回頭在廣東東站下車，想隨意打發第一餐。車站外一些尋常小店，一人掌鍋，一家稍具規模的茶餐廳，還不少人，我遂走了進去。店裡一桌老中和老美音量不低，聊得開心，口音到地，我猜想是ＡＢＣ。但後來又見老中用中文說了幾句話，一樣流利。廣州畢竟是國際化城市了，我想。怎知他們一走，那櫃台的女服務生就罵：「就點幾杯飲料好意思做那麼久？那個女的還瞪我一眼，她奶奶的。」店快打烊了，我是倒數的客人，所以吃得很快。

出門剛好看到門口一張「請人」的告示，原來服務員薪水才三千出。我大概明白那個貌美女服務生為何看著那個滿口洋文的女人一肚子氣了，這個城市貧富不均，「方所」裡一件設計師的衣服，高過她一個月的薪資。太古匯、海星沙的摩天大樓，裡面的高檔食物和服飾，可能都是她一輩子到不了的地方。

但不過是幾個地鐵站就到了。

這個國家正加強腳步往強國邁進，「先讓一些人富起來」，顧不了那些跟不上的人。我又想起那個地鐵上興奮的少年，「嘉禾望崗」是多遠的地方？我問了幾個人，他們說白雲區有些區域頗偏遠，不是工廠就是農村，少年不知是工人還是農夫？大概覺得自己所居的城市邊緣很快就要翻身，幾年後他還會這麼開心嗎？會不會一樣咒罵那些到不了的地方。

乞者與司機

到達廣州的第一晚，人多擁擠，出地鐵站不遠，見一老者抱一個眼神呆滯的孩子在路邊行乞，可是我大包小包正在找旅館地址，加上人生地不熟，擔心是人蛇集團的乞討樣板，暫時忍住，往前走了。

放妥行李再出門時，老人和孩子已經不在附近。

第二天，去了廣州大劇院、圖書館和廣東省博物館，幾棟建築外觀壯美，雖然地標廣州塔相較起來顯得高大卻無趣，但中國政府在幾年間真是砸了大錢打造硬體，一路想往強國邁進。貧富之間，一如這座高塔，硬是拉開了距離。

假日夜裡，廣州塔周邊人多得不可思議，彷彿嘉年華，整條馬路水洩不通，令人窒息。

好不容易搭地鐵回到旅館，這一次我又看到那乞者了，只不過他沒坐地行乞，但身邊的孩子卻多了一個大的，大孩子且拎著一大袋的回收塑膠瓶，祖孫三人，正準備回家。這乞者並非人蛇集團，但小孩兒似乎不呆了。只不過看到祖孫仨，一家行乞還要撿垃圾換錢，我的同情不減反增。畢竟辛苦人，就算知道裝可憐樣搏路人同情，這點聰明也非不該。只不過此刻他們表情輕鬆，還透著一股溫馨氣息，已經「收工」下班了，小孩一臉愉悅，輕輕晃著。

我似乎也不好在此刻上前施捨錢。看了一會兒，默默離開了。

離開廣州時，搭了計程車到機場，我問起司機：地鐵上遇到興奮趕赴廣州塔的鄉村青年，說自己住得很遠，到底有多遠？司機說那裡開發晚，但這幾年也發展起來。又問起中國這幾年的崛起與變化。他說起經歷過的歷史，倒是挺感激，就算知道政府有錢，自己是辛苦工作的人。「但比起文革後沒飯吃的那段時光，日子真好太多。」我問起政府處理「低端人口」是否殘暴？他說：「少數例子。獨居老人住安養院，政府會養。公務員效率好，不像以前都要靠關係。」

我想起地鐵出口的老少乞者，真是如此嗎？不知司機是否太過善良天真。或是老乞丐放不下小孫子，只好先乞討過日？社會上總有不捨得分離又不知社會資源的邊緣人。又或者像《小偷家族》裡的故事？即便文明社會也有這樣的故事。

或許政治不正確，我突然對司機的知足感到懷念：那種擺脫貧困，想像更美好未來的溫善性情，好像是這些年，台灣因為焦慮而漸漸減少的東西。

計程車，機車與三輪車

雨天，在靜安寺前搭計程車。招手的車靠近，有人硬是快步跑上前，拉開車門，上車。我當場傻了眼，只好忿忿地往前多走幾步，終於招到了車。

有人說，在中國大陸坐計程車要搶，這是常識。但我不懂，一上車，跟司機抱怨遭遇，司機說：「妳站的地方也不能上車，是我，才勉強載妳。」我實在不知道，被搶車才跟著往前走，跟司機說，我台灣來的，在家鄉不會遇到這種事。司機聽說我台灣人，便說自己也守規矩，若同時有人搶車，必讓老弱先上，跟我一起抱怨那些沒教養的人，指著馬路上那些橫著過馬路的，罵那些政府的貪官。

老司機開著窗，越罵越大聲，我都替他擔心。「我是支持共產黨的，台灣是中國的，一國兩制好。但是該罵的我照罵，我不怕。」可是轉個話題，他抱怨有次被莫名的開單，只因為紅燈停在一個不能下車的地方讓客人下車，於是和警察吵了起來。「警察說有本事你告我。妳猜我怎說？」「我說我沒本事，有本事我就讓你死。那警察就不說話了。」聽到這樣的話，我也不知道如何接話，安靜下來。司機換話，好心了起來，告訴我有微信就加「ＤＤ」叫車，便不會被搶車了。

抵達目的地哈爾濱街，小街裡車子慢了下來，一婦人居然就探頭靠近窗玻璃，想看看車裡是否有人？計程車往前開了幾步，慢慢停了下來。「在前面走幾公尺就是妳要去的店了。」我說：「也好，剛好有人要搭車。」「我不在乎，我現在都靠ＤＤ了。」司機先生猶撐著剛剛聊天時的正義感，突然嘴硬了起來。我倒是不怪，在大都市裡，底層人的生存恐怕是必須一半兒好，一半兒壞。

前一日則在蘇州，出火車站，廣播便一再告訴遊客：千萬別參加一日遊，直接做公交車，「免得妳的善良被欺騙。」於是我氣定神閒避開那些拉客的旅行社，直接往公交車站走。可是出了站，看到第一區的站牌，發現沒有我要搭的車，只好繼續往前幾步，這時有人圍過來問我要不要搭車？

我看那人有點年紀，不知為何想到廣播的大力疾呼，轉頭看他的車是機車，反而心生憐憫，倒想看看我的善良怎樣被欺騙？告知了目的地，問他多少錢？十五元。我二話不說跳上車。

這一路又快又可吹風。請司機猜我哪裡來？他猜南京，我說台灣。「難怪」，他說他只覺得我是「外賓」，指的是韓國、日本，但說普通話，原來如此。我問他一天可以賺多少？他說大概一兩百。說起來是辛苦人。我倒沒有上當受騙的感覺，一路上很是愉快。

逛完了蘇州博物館和獅子林，小累。我又搭上人力三輪車。四十元，拉我走逛平江老街區，看一路小橋、流水和石板路，還可以幫忙拍照。但我不敢停留太多時間，耽誤司機接下來的生意。司機知道我台灣來，喜歡博物館，於是特意拉我走進小巷，看免費的評彈和崑曲博物館。聊起他這行生意，司機說他的三輪車有牌，機車沒牌，那人若被警察抓到，肯定要倒大楣。

愜意地走完了平江路。可能時間太短了，司機問我要不要買絲綢？說園區裡貴，帶我去街上的老店。我猶豫了一下，擔心受騙，他說如果妳不想買就別去。我想應是遇到好司機，最後還是上路，並且多給了五塊錢。出來才發現他坐在後座上，原來我走太快，他也需要趁機歇歇腳。

可是回來看網路，有人說司機帶去的店千萬別去，是黑店。啊，我也不知真假，總之這一路人心難測，我全當作是風景。

重慶的幻術

導遊在我們下車前便已經擺明：「這家店跟我們旅行社簽了約，我不得不帶你們來。但那些玉啊，你們就別買，我能跟公司交差就行了。裡面有冷氣，你們進去聽聽介紹，就當是長知識唄。」

五十元人民幣的市區巴士旅遊團，我們也不怪旅行社安插這些購物行程，促進經濟。但既然導遊不勉強，大夥兒也安心：聽聽就好，沒必要掏錢。

全團的人被帶進簡陋的寶石公司簡報室。台上的小姐說自己是解說員也是銷售員，她先介紹了重慶的一些特色與美食，接著便開始介紹寶石。她拿出一尊玉雕的貔貅，說牠是龍生的第九子，這神獸喜歡吃錢，但沒屁眼，所以金銀財寶只進不出。

小姐說摸貔貅招好運，我心想這麼大隻也不會有人買，正等著看她還要介紹什麼？一個小夥子慌張走進來，對這小姐說：「上級領導要來檢查，不能賣東西了。」小姐慌著一張臉，說她來公司一年多，第一次遇到這樣的事。

沒一會兒，一個穿金戴銀的中年男子走進來，原來是總經理。他說到十月國慶前，上級領導要整頓觀光，要求他們不可隨意跟遊客兜售寶石。「重點是等等你們去瓷器口，路上會有人發張表，問你們旅行參觀的商家好不好？我們是第六號，我只求幫我們勾個讚就行。」

為了讓我們真心稱讚，總經理決定親自介紹。來到展售間，總經理唱作俱佳，先拿出玻璃來試真假，他說緬甸玉硬度高，能將玻璃刮出痕。

接著說自己是個商人，在澳門開賭場，老爸早年到緬甸開採，珠寶是用卡車載，這家小店的營收根本看不上，只因為這是爸爸的老店。他說父親教他做生意要廣結善緣，今天既然不做生意，就跟我們交個朋友。「賺錢要有智慧、有勇氣，還有善念。你相信善、待人善，就會遇到好事、善人。」他又說父親在汶川地震時捐了一筆大錢。大家聽了立刻鼓起掌。

「我說不做生意，但我看得出來有人就是不信！這樣吧，我就讓你們看看我怎樣做生意！」他要小姐拿出一塊玉，標價一萬多，我們正咋舌。「當然標高了。但今天我只賣633，夠低吧？那些不信的人，誰願意舉個手？」真的有人幽幽地舉起手。

這時他居然只拿33元，便把玉給了那個人。「現在你們信了吧？」接著他拿出兩張紙，在紙上寫下2333，「這張紙賣2333，信我的人就舉個手！」只見兩個女士爭著舉手。「我喜歡三，還有人要嗎？」總經理看向我，我一時心慌，結巴了起來。

還好總經理不相逼，只丟了一句：「經理，那就請你好好接待這兩位。」

離開房間，回到遊覽車，也不知那兩位女士買到什麼？他們或許心滿意足，但我覺得是看了一場幻術，不是說好不賣東西？導遊也無言，都告訴你們別買！

巴士旅行

車輪轟隆隆地轉動起來，雙腳不再有固著一地的感覺，遠方與來時路同樣模糊，我已經在路上了，滑出了原本的生活軌道，未知的故事就要展開……

大概是著迷於這種上路的感覺，我喜歡搭車，因為它緩慢、因為它流動，因為每一刻都在流逝，方才過眼的景色再也回不來了。在我還有大把青春可供揮霍的年輕歲月，這種什麼都留不住的恍惚，竟有一種攝魂的美感。

而印象最深的巴士旅行，是多年前從佛羅里達州搭乘灰狗前往紐約。由南到北超過二十四小時的車程，搭車不免成了旅行的重頭戲。

灰狗巴士並不舒適便捷，但旅行卻令我興奮異常。巴士誤點是常有的事，旅客往往等得面無血色。美國民謠裡唱著：「搭乘灰狗，真他媽的令人沮喪。」其實才是灰狗巴士給人的正確印象。而且老美多半有車，搭灰狗的泰半是窮人：黑人、拉丁美洲移民、黃皮膚的亞洲學生、流浪漢，以及看上去像是剛被老闆開除的白種人……巴士站裡滿是這類又窮又苦的臉孔，氣氛也就顯得格外愁雲慘霧。大概我是窮人中的窮人，而且是無所事事的窮學生，觀察這些面容、表情，反倒成了有趣的事。

巴士總算緩緩駛來，一半的旅客如殭屍般羅列上車，另一半還是嘻嘻哈哈地跳上車，和司機稱兄道弟，胡亂打打招呼。

司機是五十多歲的老黑人，精瘦結實。當他一手拿起麥克風，精神奕奕地介紹自己的名字、沿途停靠的地點，環視乘客一圈之後，接著眼睛凝視前方，雙手握緊了方向盤，這車便是他的王國了。

除了司機，我怎麼都忘不了那窗外由南到北的景色更替。除了日夜光線與溫度的交替，建築物則是從南方明亮卻簡樸的木屋，漸漸換成了北方深沉而堅實的磚房、水泥大廈；還有街上行人的衣著打扮，土地的貧瘠與富庶……恍如電影一樣，不斷地轉換畫面。

至於上車的乘客，從大城市上來的，多半是急驚風似的嘻哈小子，搖搖擺擺地一路滑向後座。若是停靠在荒蕪的沙漠小站，拄著楞杖上車的老人，好像已經在風沙裡等了三天三夜。

而車窗內，戀人們牽起了手，甚至相擁而眠，或許不是私奔，但在晃盪的旅程中，愛情似乎更顯得理直氣壯、無所顧慮。

二十四小時的車程，巴士當然不是一趟到底，中途有些轉車站，有時一等也是一兩個鐘頭。此刻只好到街上閒逛，順便打發一餐。

這些中途站不一定是什麼旅遊景點，吃飯也必須碰運氣。我記得某一餐吃到一家菜餚遜斃了的中國餐廳，加上當時並不是正常的用餐時間，空蕩蕩的餐廳裡只有我們一桌客人。我和老闆聊天，這才知道老闆和老闆娘都是數學博士，因為找不到理想工作，只好開起餐廳。

回到車站，巴士嚴重誤點，已經逼近午夜，銀白色的日光燈下，映照的是乘客鐵青的臉。車站四周墨黑一片，在白光下等待游走的我們，被烘托得有如冥界幽靈。

轉車當然也換了司機，這回上來的是聖誕樹體型的黑人。誤點據說是車子拋錨，司機的心情也就好不起來。

夜間乘車，我和友人只敢坐在前幾排。我偷偷的從椅背間縫裡往後看，漆黑一片的座位裡，有著同樣漆黑模糊的臉孔，和東倒西歪的身體。

黑暗中，每個人似乎都沉沉睡去，此刻卻聽到有人吵架的聲音，這才發現我們的巴士停在高速公路上，司機卻已不知去向。莫非我們正在夢境，巴士正擱淺在銀河軌道上？氣呼呼上車的司機把我從虛幻中拉回到現實。他叉著腰問道：「你們想不想知道剛才發生什麼事？」睡夢中有幾個人虛弱卻勇敢地回答：「不想！」而司機鼓著一張臉，就這麼憋著一肚子氣，且不時哼哼兩聲、碎唸兩句來排遣他的遭遇。

巴士總算抵達紐約，出了高速道路，第一個映入眼簾的是好大的「SONY」霓虹招牌。我們再也忍不住繁華的引誘，打算直奔唐人街慰勞自己的五臟廟。下車前我突然問起我的日本友人，怎麼到處都有中國城、或是義大利區，卻沒有「日本城」呢？我的朋友不卑不亢地說：「因為日本人都散居在曼哈頓的住宅區。」我回頭看看SONY的雄偉招牌，那是日本泡沫經濟爆發前的一九九〇年代。

最後灰狗巴士的司機為了車子誤點、路上和別的駕駛吵架，以及轉車的種種不便向乘客致歉；並請大家不要故意拿錯別人行李，且祝福每個人都發財，以後不要再搭灰狗巴士，做為告別。

那一年我當然沒發財，回程時搭的還是灰狗巴士，而且花到全身上下只剩下十塊美金。更不幸的是，就在我下車上廁所，掏拿衛生紙時，十塊錢紙鈔也掉出我的口袋。我心想，這下飯沒得吃，還得一路走回學校，實在有點慘。

正當我低頭找錢之際，一個年輕的黑人走過來輕輕拍了我的肩膀：「這是妳掉的吧？」我看到他一手握著鈔票，一手指了指我的牛仔褲口袋。

旅途總是充滿意外，黑暗中我其實看不清那個年輕黑人的臉，但想必是一張天使的臉。我多想給他一個擁抱，然而一直到下車，我卻只看到灰狗巴士開走時，車後揚起的一片輕煙。

夜宿機場

航空公司的離境班次表終於停止更新，必須等到隔天早上才會有人到櫃台辦理登機，此刻我的心情既平靜又興奮，今晚又要睡機場了。

眼睛不再忙碌盯著來來往往的旅人，吵雜與歡樂的氣氛一哄而散，眼前偌大的機場，即將成為我的臥房。先左右瞧瞧哪裡有長條躺椅。咦，一個金髮男子氣定神閒地坐在我的正後方，莫非，今晚有伴？

我按捺不住好奇，鼓足勇氣問他：你可是搭 A56 降落此地？轉接的班機都已駛離，所以你也是明天才走嗎？

男子露出迷人微笑，連連點頭。

「啊，太好了，我也是明天的班機。今晚又要睡機場，而且這還是——這還是第一次——有同伴。」我羞紅臉，彷彿回到大學時代的舞會，被陌生人搭訕。沒想到對方瞪大了眼：「睡機場？妳說妳要睡機場？不，我當然不睡機場，我要住到過境旅館，現正等著飯店的巴士。」

表錯情、會錯意讓我萬分尷尬，頭低得快要撞到自己的胸部。沒想到這位好心仁兄還不罷休，盯著我的破背包和牛仔褲，啊，可憐一個寒酸的東方學生。「沒錢住房嗎？沒關係，妳隨我去旅館，錢我幫妳墊，等妳平安抵達目的地，再寄還給我就行。」

原本美語還算流利的我，舌頭頓時打結，還得擔心自己被誤認為流鶯。「不，我有錢，我只是……只是……喜歡……睡機場。」

我喜歡睡機場，一個人。一個人睡旅館，未免太孤單。除了花錢，還得擔心鬧鬼。

睡機場可不同了，不僅燈火通明、空調完善，而且視野遼闊。湯姆漢克斯主演的《航站奇緣》，承襲了好萊塢一貫的誇張，睡機場居然得拆椅子。我必須為無辜者辯護，睡機場才不是那樣子！雖說不上華麗，卻也不克難。到處都有可臥或躺的舒服椅子，在琳瑯滿目的商店打佯之前，吃的、喝的、讀的、逛的應有盡有，把機場當成旅遊景點，未嘗不可以。搭訕大有機會，但戀愛絕對是奇緣。

我曾經多次因為轉機或搭早班飛機而夜宿機場，和那些意外被航空事件遺棄在機場的旅客不同，我沒有哀怨自憐，因為一切出於自願。

自願加上好奇，不免日久生情。我最喜歡的時刻，莫過於看著旅人一個個離去，聽到最後一班飛機起飛的聲音，大廳裡的空氣越來越冷清，空曠的長廊只剩下二個人、一個人——流浪的感覺，這便蕩漾開來。

當其他旅人都踏上歸途或轉往他地時，只有我在內的幾個人脫了隊、落了單，暫時滯留機場，彷彿無家可歸，感覺自己前途茫茫。

打扮輕鬆、無所事事地晃蕩，我也以為這樣的姿態要比那些匆忙奔赴前程、趕往五星級飯店投宿的上流人士，來得奢侈。

像我這樣的女子，在機場睡覺得先若無其事地閒逛，漫不經心地勘查好睡覺的地理位置：有舒服的躺椅、離警察哨站要近、沒有幽暗死角。手持一杯咖啡，或是端起一本書，約莫可以打發黎明前的寂靜時刻。有時，看到警察每隔一陣子便巡邏到我這兒，覺得安心，也就窩在椅子裡，不知不覺地睡著了。

當一覺醒來，曙光照進大廳，我又搖身成為機場的主人，伸伸懶腰、張開雙臂，迎接著第一個早起旅客的來臨。

好多年不再睡機場。去年到新加坡旅遊，發現樟宜機場遼闊寬廣、設備完善，咖啡廳、餐廳、免稅店、無線上網的電腦，還有各式各樣設計新潮、可愛的椅子，讓人一坐下，就想窩著睡。啊，睡覺！我突然想念睡機場。婚後有家、有女，流浪已成過往，睡機場竟壓成一枚扁扁的鄉愁。

回到台北，多數的時間只能藉著滑鼠在網路裡晃蕩。滑著滑著，竟發現一個「sleepinginairports.com」的網站，原來德不孤必有鄰，愛睡機場的人豈止我一個？網站裡有實用資訊、好笑漫畫以及睡機場的故事，還有最愛之機場排行榜，而新加坡樟宜機場果然奪冠。

我坐在電腦前，想像自己此刻正和三五同好一起睡機場，而當年那個無緣的金髮男子也在一旁。我滿意極了，電腦螢幕閃著迷人光芒，不一會兒，我便昏昏睡去……

面向大海的火車與星空

被稱為「台灣的後花園」，花蓮人一定很無奈吧。蘇花公路難行，於是大批的遊客乘著普悠瑪和太魯閣號而來，假日搶購回家車票，就跟搶演唱會門票一樣刺激。在花蓮讀書的那兩三年，每次遇到連假，我也是搶到欲哭無淚，後來才學會將車票分段購買。鄉愁原來是好幾枚肝腸寸斷的車票，特別是當普悠瑪出了事之後。

但花蓮對很多城市人來說，確實是一種逃離。我去念書的那幾年，正好是事業的轉折期，展店的野心和寫作的慾望，成為兩股互相拉扯的力量，最後我選擇寫作，離開台北，兩地來回。

被視為超人的那兩年半，其實每回搭上火車，我都有一種渡假的愉悅，如海子的詩句：「面向大海，春暖花開。」我就要奔向一個充滿文學聲音與自然景色的遼闊天地。聲音來自課堂，我和年輕我二十幾歲的同學比肩而坐；自然景色則隨處可見，而我最喜歡夜晚的星空。

由於排課的時間每學期更動，每次搭火車，我最痛苦也最喜歡的，便是有兩學期搭一大早六點多的火車。有時我會想起川端康成《雪國》的開頭：「穿過縣境長長的隧道，便是雪國。夜空下，大地一片白茫茫。」我即將奔赴一個異鄉，但穿過隧道，看到的不是夜空下的清冷，而是在海面上升起的太陽。那總是使我心中充滿希望，而不是一種徒勞的惆悵。至於夜晚的火車，我則多半在志學下車，走一段長長的路或者騎單車，穿過校園，回到宿舍。此時我總喜歡抬頭看星空，那跟海一樣遼闊，不被建築物切割得支離破碎的美麗星空。那總使我想起小時候，躺在公寓頂樓看星星，想像跟外星人交流的感覺。

旅人來到花蓮，總有許多事可做吧？也許去太魯閣，也許去七星潭，或是待在民宿一整天發呆。千萬別只去市區的東大門、原住民一條街，即使攤販雲集，但那真是惡俗之地。花蓮有一些書店、咖啡廳，比如時光、璞石。倘若有體力，不像我這麼肉腳，去太魯閣國家公園走一下步道，最好是有人帶，比如沙卡噹或大禮大同步道。或是溯溪，像是三棧溪、白鮑溪。爬一段艱難山路，滑過水圳，即便四體不勤，我也曾在水裡度過了一段游離時光。

也許我們去海邊走走，看太陽升起；或入夜，到花蓮溪口看漁人捕魚苗；又或者我們去搭船，看鯨豚。我們也可以讀本楊牧的《山風海雨》，帶我們回到花蓮的過去。又或者，在火車上，我們寫一封信給想念的人。等一個春暖花開的日子，我們，再去花蓮。

詩路與蜂炮

年前哥哥約我們在鹽水吃中飯，地點是「台灣詩路」。詩路開在田寮里，名符其實地開在田中央。原本以為這是半公家的地景，到了才知是一位老農在自家田地中打造出來的夢幻地。

到的時候略早，小路上幾乎沒人，一位農夫模樣的老人指引我們隨意將車停在園中，笑問客從何處來？這才知道他是此地主人。主人說他愛詩，還說願意為我們吟詩。園中除了房舍、涼亭，最重要的他將詩句燒寫在陶片上，鑲嵌在道路兩旁的雲牆上，賴和、路寒袖、向陽……一路排開，木棉與詩句，訴說著主人對這塊土地的情感。

開車離開「詩路」不遠，便是鹽水鎮上。月津港燈節的燈飾已經妝點起來。距離元宵還有一段時間，小鎮顯得溫暖寧靜。月津港看起來小巧玲瓏，很難想像過去商賈輳集，曾有「一府二鹿三艋舺四月津」之說。只不過前三名地位確定，這老四倒是各有所指，有人說四寶斗，也有人說四竹塹。不過當地人說，過往的月津其實不小，如今的燈區只是一部分舊港道的遺址。

彼時稱此地為月津或月港，繁華也是實情，旁邊的老街與八角樓，或許可以見證當年的熱鬧樣貌。

印象最深的仍是鹽水蜂炮，大學時曾來朝聖，三十年過去了，白天的景色竟然讓人覺得陌生，直到看見了武廟和小學。

當年我全副武裝，隨著人群扶轎搖到一處大型的發炮台前，怎知我前方的轎夫突然衝到炮台前，這才驚覺他是乩童，我竟成為抬轎的前鋒！啊，槍林彈雨不足以形容，蜂炮打在身上已無痛感，但濃煙遮蔽了視線和呼吸，有一刻感覺就要窒息，差一點就成了炮灰。等到蜂炮發射完畢，四周靜了下來，你真能深刻地感受到什麼叫浴火重生。

接下來的時間，我覺得自己像是已經變身完成的鋼鐵人，開始在街上狂奔，與一個初次見面的夥伴，攜手成了同生共死的兄弟。從小就怕人放鞭炮的我，此刻見到哪裡有鞭炮就衝，彷彿自己已經刀槍不入，華麗轉身。

我說起這段往事，還沒說到高潮處，家人便搖頭說：瘋子！

人若不瘋枉少年。彼時我真是什麼都敢試，不諳水性的我敢在澎湖玩海上拖曳傘、在花蓮泛舟……可惜當年還沒有高空彈跳。如今中年，四體不勤，爬個郊山都喘吁吁，也不好意思老提自己的當年勇。

然而鹽水蜂炮若是不瘋，也不會名列世界三大民俗慶典，每年都吸引數十萬民眾蜂擁而至。

世間狂人何其多？抬轎衝蜂炮台是一種，在自家田地上開展出詩人步道，也是一種。

高速公路93公里出口

對台北人或台中人來說，新竹大概是最適合搭乘巴士旅行的城市。高鐵太快了，火車還得看班次，唯獨國光號，跳上巴士，一小時後到達，剛好夠時間發個呆，想想事。目的地通常是下高速公路的第二站。

三十年前，我記住了這個公里數，因為喜歡的男生在這裡念書，抵達前我坐立難安。時速九十公里的巴士，理當是一小時到達，我數著每0.1公里的小路標，好讓自己的心跳穩定一些。你先帶我逛一下學校的成功湖，接著騎車帶我去城隍廟吃貢丸湯和炒米粉。我們談的是公事，討論一下接下來兩系的活動何時舉行。雖然你也跟我相約私下的拜訪和旅行。

然而心碎也在這一年，我不該在活動結束之後，無預警地前來探望。開門的女生穿著一件男生的大襯衫，你帶著睡眼從房間裡走出來。我才知道這個女生才是正牌的女朋友。我鎮定地詢問你們接下來的行程？總該接待一下遠來的客人。

三人行。但一台機車擠不下三個人。

我們在校園裡看了一下梅園，彼時梅花還未凋零，強裝自在地又走了一次成功湖，接著在校門口吃了點東西。女生時不時用手拉了你的衣服，我知道她彆扭又不很開心。彆扭的何嘗不是你和我？還好我們什麼都沒發生，我只是硬撐住了尊嚴。

尊嚴撐起了微笑，我居然在回程上車時跟你微笑告別。但是一上車，我就聽見自己心碎的聲音。

往後，我們各自展開旅程。

有時真該慶幸自己的決斷，人生還有其他的風景。因為多年後有三個男女就不是這樣，她們困在校園裡難以脫身，一個斷送了生命，一個斷送了青春。

我也沒預料三十年後自己跟這個地方仍有緣分，因為開了書店，加入的「友善書業合作社」曾一度設在清大的水木書苑。水清木華，我終於有機會靜下心來，一個月一次來看看這個美麗的校園。

新竹有了很大的改變，科學園區在往後的歲月帶領台灣大步往前。高速公路兩旁蓋起華美的大樓，竹北成了新興的衛星城市，住在這裡的都是科技新貴。

多年後我們倒是在台北重逢，各自有了美滿的家庭，心碎的感覺早就沉澱，有的只是對年少的懷念。

所有的相遇都是久別重逢。那天我到新竹開會，因為書店結束後，接下了友善書業刊物的編輯。我沿路看著風景，有些地景沒有改變，有些則煥然一新。我倒是忘記了新竹交流道出口是幾公里？心血來潮，專注地等著路標出現，看到數字的那刻，暗自微笑。雖然心跳加快和浪漫的幻想不見了，但是多了一些篤定和自若。突然意識到這個城市是會長大的，人也是一樣。

輯三

感情教育

牽父親的手

成年之後我便不曾牽父親的手。撒嬌、哄騙，更是一次都沒有過，何況我早已中年。

父親因為腸子問題住進醫院，手術原本順利，然而年長體弱，多少承受不了手術的折磨，呼吸變得困難，加上父親總想拔掉身上的管子，不肯好好聽醫生的話，於是被送進了加護病房。

麻醉產生了幻覺，父親開始胡言亂語，說一些別人看不到的東西，弄亂了哥哥的心緒。哥哥於是打電話給我，問我是否南下看看父親？穩定他的心情。

加護病房開放探視的那一刻，父親虛弱地躺著，親人們靠近，父親一一辨識、點頭，我最後一個走到父親的眼前，父親的大眼睛突然睜亮，輕輕地喚著：「啊，這阮查某囝啊，阮真久沒見。」話一出，我差點紅眼眶，說「真久」大約也就是半載、一年，嫁出去的女兒潑出去的水，加上南北相隔，不也正常？我立刻握著父親的手，父親便緊緊回握。那手極軟，皮膚也變得薄透，上面佈滿了皺紋與斑點。這才想起，更早一次牽父親的手應該是小學的時候吧？彼時我是抬頭仰望，父親個子高，我卻小不點，父親是小學老師，學校的訓導主任，每天跟著他一起走路上學，倘若我的腳步跟不上，父親便牽起我的手。

如今，是低頭看顧。

父親長得好看。濃眉、大眼、高鼻，像影星關山。我伸手摸了摸父親的眉毛，還好我遺傳了眉型。可惜我鼻眼都小，因為像母親，沒能長得像關之琳。長大後才感謝母親仍把好皮膚遺傳給了我，可我卻沒能像母親那樣寬厚、善良，從不與人計較。老嫌母親太土。父親童年喪母、家貧，我慢慢不喜歡父親陰鬱、節儉到有點小氣的個性，反過來為小時候因為太愛爸爸，處處看不起媽媽的行為而感到抱歉，開始跟父親大小聲。

這天我小聲地說：「爸爸你快好，過年才能回來一起吃飯。小小的病，都是你不聽話，聽話就好。你不是喜歡我常回來？明年我就聽話常回來看你好不好？」

父親閉著眼，點點頭，似乎想說什麼。我靠近他的嘴，他想喝水，護士不給。我用棉花棒沾了水，擦了父親的嘴唇，接著他像小孩一樣緊緊含住棉花棒，只為吸乾棒上的水。

父親像小孩。我第一次發現父親像個大男孩。我伸手給他，他又緊緊握著了。我摸著他的臉，說他真好看，像誇獎自己的小孩。「聽話，好起來，我會再來。」

隔週再去看父親，他已經轉到一般病房。我依舊上前牽起他的手。父親一直說：「我八十二了。」我說：「我也五十幾。」這次換他說：「我女兒真好看，都沒皺紋。」

父親拿掉了氧氣罩，看起來好多了。我推他去散步，告訴他慢慢調勻呼吸。不知是否求表現，父親竟然不喘了，越來越好。我也說好，父親出院後，常來看他。這一次，我們都決定做聽話的孩子。

往日情

我不過紀念日，元宵沒吃湯圓，端午忘了粽子，中秋只吃蛋黃酥，年夜飯還是記得，但是年糕老是忘掉。生日倒也沒忘，但是到一個年紀之後，最好是忘了。最扯的是，我忘了結婚紀念日，有一年問先生，猜了三次都錯，倘若是提款卡，早被機器沒收了。但還好先生體諒我記性不好，掛一漏萬，忘記結婚紀念日，也是小事一樁。唉，倘若哪天老來失憶，先生一時手滑，將我的輪椅推向大海，兩兩相忘，我也沒有怨言。

但忘了是從什麼時候，我開始變得念舊，喜歡翻老書、聽老歌、追憶往事。不時遊走在舊書店之間，最後竟然自己也開了一間。一切都是中年現象，有人早一點，有人晚一點，說來也不奇怪。

或許是因為記性不好，前陣子益發覺得自己應該把一些事情記下。我輩五年級堪稱是史上最早懷舊的一代，世紀初就有一群人出版了《五年級的同學會》，彼時那群人也不過三、四十。也不能說人家不對，只是我沒趕上那個時代，我的寫作起步慢，到現在才從後面追趕。倒是因為臉書和LINE，那些消失的同學真的出現了，真是科技始終來自於人性，新時代也有新時代的好。

同學會最神奇的一件事，就是那些你已經遺忘的事，有人將它打撈上岸。而你記得的事，偏偏別人忘了，就像是喝喜酒走錯了廳。像是記得哪個同學不吃青菜（因他在妳面前大啖生菜沙拉），哪一個同學五音不全曾在妳家樓下唱情歌（人家老婆就坐在旁邊）。「有嗎？同學，妳真的是我的同班同學？」

可是我還是熱情地參加那些同學會，只因一個原因：我念舊。

和老同學見面，除了敘舊，最開心的是別人誇妳一句：妳都沒變。怎可能沒變？至少變胖又變高，皺紋多幾條。但只要是五官特徵、說話的樣子、走路的姿態，或是個性脾氣，還似當年，就是沒變。「沒變」是對過往的美好記憶，跟往事乾杯。

跟老朋友見面，總是美好時光。獨獨有一種朋友，不知該不該久別重逢。我不說，你也該懂。

曾經有一次，我在信義誠品，手扶梯往下，一男子冉冉而上。一個中學時曾短暫交往過的男人，就這麼擦身而過。那還是部落格時代，對方不知如何找到我的網頁，留了言，說那天的畫面宛如電影。我或許天真浪漫，還開心地回應：「那改天出來喝個咖啡吧！」怎知別人回說：「還是別攪亂一池春水。」意思是：「往事不必追憶。妳竟忘了是妳將我拋棄？」

人生的回憶交集，從來不曾相同，我也有忘不掉的人。那天你來按讚的時候，我真是嚇了一跳。瀏覽了你的臉書照片，盡是妻兒的照片。考慮了五分鐘，是我，我送出了朋友邀請。

或許對我而言，沒有甚麼人是不應該久別重逢。又非足不出戶的家庭主婦，堂堂一個書店老闆，就該有這份灑脫。「改天出來喝個咖啡吧！」我還是豪爽地這麼說。

算一算，二十幾年過去了。人生有幾個二十幾年？大概是擔心再也見不到了，無論如何，我都想再見你一面。

然而見面的那一天我還是緊張了，直到你開口說：「妳都沒變。」

「你也沒變。」我說。

時間待我們如友，確實沒有在我們臉上留下太多的痕跡。

二十幾年的時光，終究可以幾個小時內輕輕帶過。你說起別後的日子，包括在職場上的起起伏伏，居住過的城市，確實是另一個世界了，難怪你我不曾有過任何的交集。你不是沒有變，你成了一個商人了，並不是壞事，只是陌生。「倒是妳，真的都沒變，居然還是個文青。」應該告訴你，我變得才多，先是上班族，再來是主婦，最後無所事事，出來開書店，才回到學生時的樣子，也成了你說的：沒有變的樣子。

你說因為臉友交集，才意外看到我，沒有刻意找尋，但是約略知道，這幾年我的書店做得不錯。我不是謙虛，書店沒有多好，只是博得一些虛名，但那些終究會過。倒是學到了許多事，已屬難得。

慢慢地，你我都發現，過去那二十幾年，不太值得一說。我們各自結婚生子，過不一樣的生活。我說自己生活無虞，多虧先生照顧，但是不想在你面前提起愛情。我問起你的家庭，你倒是落落大方。說起孩子，眼睛裡滿滿是愛，說孩子的成績，說孩子以後的打算，真是個認真的慈父。我沒有一絲酸意，反倒拉回了一點往日美好的記憶，又變得靠近一些。眼前這個無緣的人，已經從以前玩世不恭的男孩變成一個負責的好男人了。於是我又問起你的妻，你卻小心翼翼地起來，彷彿怕傷我的心，但這份小心，也夠我覺得窩心了。終究是同一個女人，自從我們分手之後，你也夠專情。你問起我先生，我說我自你之後，又經過了兩三個人。其實多情、花心的人是我。

至於如何分手，我們都說記不得了。我想你是真的忘了。那年我們才剛開始，不久就分手了。其實你的妻，我一直都記得，看你的臉書，樣子也和當年差不多。只是聽你說她，早已說不上難過或是忌妒了。於是我提議：不如點個酒。直到這個時候，你才說：「妳變了。妳以前不會喝酒，當年妳很青澀，很拘謹，就像我說的，文青的樣子。」是這個原因嗎？你不喜歡我拘謹的樣子吧？於是我舉起來酒杯，輕輕碰了你的杯子。

我應該為我們的重逢寫首詩，但沒有。我只是想起來我們那個時代的一首歌，Dan Fogelberg 的〈Same Old Lang Syne〉（昔日情景），因為這一天正好也是聖誕節，我與我的舊情人相逢。我們並沒有在車上喝啤酒，只小飲了一瓶。這天，也不像歌詞裡面所寫的，雪轉成了雨，我們在白天見面，冬陽和暖。

我們約在西門町，喝過了啤酒與咖啡，我提議再吃碗阿忠麵線和成都楊桃冰。你不是那麼熟悉，我卻熟門熟路，因為大學時候，每天都要經過這裡。而你只是偶爾上台北，路過此地，到新莊和我相見。就在過去是平交道的地方，我們正要過馬路的時候，小綠人開始跑了起來，綠燈的秒數剩下不多了，你似乎反射地想要伸出手來牽我，就像當年那個少年。

但是我卻沒有反應。

只有這一次，我知道我不是拘謹、不是害羞，是因為我知道你現在的日子非常幸福。多情如我，知道我們該停在這個距離就好。因為知道你幸福，所以我也要過得更加幸福才好。

我不幸福嗎？相較於先生，相較於你，或許只是多談了幾次戀愛，於是也多了一些遺憾。可是人生因此多了一些可以想念的人，值得懷念的事。

我看到你轉身離去，那一刻，我彷彿又回到分手的那一天。回家的路上，我把過往的戀人統統想過一次，就像是剪成一支愛情紀錄片。慢慢的，他們好像都成了一個樣子，你的樣子，因為你曾經是我最喜歡的那個人，朝思暮想許多年。但倘若不是再見到你，我又怎麼確信，你已經變了，你還是那麼好，只是時間經過了我們，我們在乎的人與事，都不再有交集。而且濫情如我，其實也已經好久不曾想起你。一段段彷彿幽舟般的戀愛心情，或許也該有個盡頭。

癡癡愛戀，如夢幻泡影。

終究，我們該謝謝這次的重逢，因為你幸福，我多少也覺得幸福，並且決定重新檢查我的幸福。你對孩子的愛，我不也一樣多？我的家人也甚少虧待我。除此之外，你況且羨慕，我保有少女時的愛好與純真夢想。

因為這次相逢，我知道你幸福、祝你幸福，應該也要祝愛我的人幸福。於是我有了一個重新定義愛與幸福的紀念日。在聖誕這一天，曾經求不得的你，又回到我的夢中，在過馬路的時候，牽起我的手。我微笑醒來。我記得。

我的朋友夏天

再次見到夏天時，她看起來有點年紀了，雖然身材維持得挺好。養一隻狗，天天帶在身邊；有一個男人，在一起很多年，兩個人一起開餐廳，大部分的事，都她一手打點。

但二十幾年前，夏天不是這個樣子。我們在KTV裡唱歌，她突然抬起修長的腿，往男人的腰上一靠，伸出一隻胳膊勾住男人的脖子，唱〈My Endless Love〉，揚起最後一段高音，接著往後一倒，男人便順勢拖住她的腰。在我們那個保守的一九九〇年，很少見過哪個大學剛畢業的女生如此大膽，我當場看傻了眼。

夏天一開始並不是我的朋友，她是小畢的高中同學。我因為喜歡小畢，所以她的朋友我也照單全收。喜歡跟小畢在一起的那段日子，我那討好到近乎諂媚的態度，小畢是知道的。

而關於夏天的故事，多半也是從小畢那裡聽來的。像是夏天很小氣，高中午餐時段，整學期都沒帶飯盒，只帶一雙筷子，靠著說學逗唱，白吃同學的便當，學期末為了答謝大家的善舉，說要買東西款待，同學們全都好奇等待，結果夏天只帶來一包甜紅豆，小顆的。

夏天最精彩的，當然是感情生活。脫離女校之後，大學開始和男生聯誼，聽說露營一覺醒來，獨獨她一個女生睡到男生的帳篷。無人知曉的深夜，一切只留下耳語。

而最英勇的一回，莫過於夏天到夜店翻桌的故事。夏天那時的男友是個花花公子，大概是某個重要日子把夏天冷落在家，那時還沒有手機，她到處打電話，終於查到男友的去處，開車到店門口，車子往大馬路上一擺，踩著高跟鞋走到男友面前，滿桌的辣妹帥哥，她二話不說，掀桌！也不管外頭一排被堵住的車子死命按著喇叭。

恍若電影的情節，小畢說得生動極了，我睜大眼聽，也只當是故事。

唱歌、吃飯、上PUB跳舞、吃宵夜，和小畢、夏天在一起做的，其實都是我們那個歌舞昇平時代都會年輕人常做的事，只是下班後拖著疲累的身體，一段日子下來也覺得吃不消，我總是群體裡最早散攤的一個。那天手錶指著十一點半，我再提不起興致，告訴小畢，我先走。東區錢櫃KTV門口，依舊擾攘的騎樓下，小畢當眾踢倒一個垃圾桶。「還誇妳是『最佳玩伴女郎』，每次都最早走，什麼意思！」小畢生氣了。但這一踢，把我心裡一些不舒服的感覺，碎片般地跟著垃圾一起滾到了馬路上。

我喜歡小畢的慧黠和美麗，但不太欣賞夏天的風騷與現實。我和夏天之間其實有些遙遠。但因為一紙保險，依舊氣若游絲的將我們牽在一起。

夏天是保險業務員，當初要拒絕她非常困難。也不清楚她那極辛辣、半世故的作風出了什麼問題，公司將她免職還查封她的辦公桌。夏天氣急敗壞打電話來的那一天，滿是安慰的告訴我：還好那晚不知道為何把我的保單放在公事包裡，總算保住了我的保單。我不知如何反應，反正那張保單也就認命的跟著夏天漂流到另一家保險公司。一直到她正式離開保險界，我的保單才由他人接手。

然而夏天勁爆的故事還沒有因此結束。那年沒過多久，她宣佈結婚，原因是她懷孕了，彼時她二十六歲，對象是個三十好幾的中年人。婚後夏天改賣法拍屋，聽說更好賺一些。老公對她倒是一片癡心，可是她一邊賣屋，順便就住進別人屋裡，也睡了別人的丈夫。

夏天終究還是離了婚，孩子判給她先生，聽說前夫其實捨不得夏天。

夏天長得不算特別美，但一雙美腿，加上風情萬種的火辣性格，還是引來了一些男人飛蛾撲火。離婚後的夏天，聽說身邊的男人一直沒有停過。

大概二十年不見夏天了。聽說她在職場上打滾多年，如今溫潤許多，對男朋友也很不錯。很難想像當年像她這樣性格強烈的「外省女孩子」，現在因為男友，變得「台派」起來。她請我吃飯，希望我的書店能跟她有什麼合作，但因為距離遙遠，加上我對做生意已經開始疲憊，終究沒有合作。

她也沒有勉強，只有一次語重心長跟我說：現在這家店是因為男友想開，但什麼都她在做，真的好累，才會一直拜託我幫忙。說著說著，她不說了，「算了。」她笑了笑。

我想我不夠了解夏天，又或者時間讓她起了變化。我只知道她家的狗死去的時候，她一直哭，足足哭了好幾天，臉書上放的還是和狗狗一起拍的照片。

午後的探戈

換了時段上健身房，彷彿外星人闖入異次元空間。更衣室湧進幾個社交舞剛下課陌生的女體，嘰嘰喳喳，高聲談笑。課開在下午時段，這群女人清一色是上了年紀的菜籃族，白色浴巾包裹不住鬆垮的肉體，花樣的青春早已消逝。

忽見其中一人五官秀麗、皮膚緊實，看上去不到三十五，站在這一群歐巴桑之中，顯得鶴立雞群。才納悶她如何和這群中老年婦人打成一片，便聽到一個矮矮胖胖的歐巴桑熱心說道：「小蘋啊，妳應該去跳男生的舞步嘛，妳個子高，這班男生這麼少，妳去當男生，永遠不缺舞伴，這才吃香咧。」

「唉喲，我這哪叫高啊？」女子一開口，明顯的大陸江浙口音。

「和我們比，妳夠高了。」

下午的悠閒時段，這些有錢上健身房消磨時光的歐巴桑，八成都已成了家。逝去的風華或許不再擁有丈夫的關愛，學學社交舞，換來陌生人短暫的擁抱也好？而此刻美麗的大陸女子明顯成為嫉妒的對象，成了眾人公敵。老婦人看似好心的建議，其實不懷好意，明亮的小房間裡上演著女人似有若無的情欲攻防。

我好奇心大起，只見大陸女子一直面帶微笑，支支吾吾，搪塞著眾婦人。卻始終不退讓、不鬆口答應去跳男生的舞步。

小蘋無疑是一個闖入者，不僅是因為她的國籍，更因為她的姿色，擾亂了這群歐巴桑所想像的甜美生活。而她始終展現無懼的從容姿態，更加引發我看戲的興致。

不一會兒，見另一婦人走來，打斷這跳舞的話題。她問眾人：「今天A股票增資，妳們去抽籤了沒？」小蘋趕緊接腔，且不忘貢獻幾則投資的小道消息，消息來源不是張三就是李四，看來全是她的舞伴。有婦人喊著腰痛，她也不忘提供醫療資訊。

原來大家都是利益共同體，還得仗著小蘋的姿色優勢換來一些有利消息，也難怪大家即便眼紅，倒也相安無事。沒多久，小蘋便氣定神閒地拿出一片面膜敷上，閉上眼、翹起了長腿，就不再說話了。

五坪大的更衣間，十分鐘的對話裡，大陸女子毫不費力地由弱勢轉為強勢。這其中的權力攻防，精彩過歹戲拖棚的八點檔連續劇。

我套上衣褲，走出更衣室，好奇地朝舞蹈教室多看幾眼。昏黃的燈光下，人影浮動；砰砰踏踏的舞曲節奏中，我恍恍然憶起了大學時期的舞會。

八、九〇年代的舞會，不是在學校大禮堂、就是在學校附近的一些地下室舞廳舉行。舞池的天花板懸著七彩燈球，發射出迷離閃爍的燈光，破鑼似的喇叭穿透出高分貝的舞曲，撼動著紅男綠女的心。而那時總有一些女孩穿著粉色洋裝，整場坐在牆邊，等著男孩子來邀舞。待快歌旋律停止，舞棍退場休息，七彩燈光暗了下來，〈Careless Whisper〉這類抒情歌曲響起，洋裝女孩們一個個被牽起手走向舞池……在那保守年代，這彷彿是某種白馬王子與公主相遇的古典儀式。女孩們離開枯燥的升學生涯，在緩慢的舞曲中，靦腆地渴望愛情的闖入。

然而不管有心無心，整場舞會下來，總有人像蝴蝶一樣滿場飛舞，也有人整晚呆坐牆角，恍如牆上的壁飾，因此被人戲稱「壁花」。情愛市場的殘酷，在舞池裡總是最易顯現。

那時我屬於舞棍階級，把跳舞當成運動，沉醉音樂，完全自戀。也還記得當年班上有個樣貌平凡卻稱不上難看的女孩，每有舞會，場場必到。她永遠身穿蕾絲洋裝，頭綁蝴蝶結緞帶，打扮得像是童話故事裡走出來的公主，可是四年下來卻始終沒能成功把自己銷出去。如此積極、堅定的態度，並沒有為她贏得勇敢的讚美，反而暗地裡招來一些嘲笑。畢竟追求與暗示都需要一些更高明的招式，一進一退的拿捏就像那些華爾滋、恰恰、吉魯巴等舞步一樣巧妙，就像剛才的小蘋？

走出健身房，坐上捷運，我滿腦子依舊是勝者小蘋無所畏懼的悠閒神情。我下意識地挺起胸腔、夾緊臀部，害怕自己太過顯露「弱者」姿態。

搖晃的電車在這座城市的地底下飛快奔馳，慘白的車內燈光下，我想像著剛剛那群中老年婦人在昏黃的舞池裡和一群男舞伴盡情旋轉，到底是什麼模樣？此情此景不禁讓我想起一部日本電影《我們來跳舞》。故事描寫一個中年已婚男子，每天搭火車通勤，在一成不變的生活中，逐漸喪失生命的動力。某天，他見到一棟大樓裡有個身型美麗的女子駐立窗前，原來那是間專門教授社交舞的舞蹈教室。中年男子深深為她的倩影所吸引，有天，終於克服內心的掙扎，大膽走入舞蹈教室，並瞞著家人報名參加舞蹈課，想藉機親近這位美麗的舞蹈老師。

電影裡的愛情故事其實什麼都發生了，卻也什麼都沒發生。學舞讓男子扭轉了沉悶的生活，拯救了中年危機。妻子的支持讓他堅定了婚姻的可貴，脫軌邊緣的情愛全都發乎情，止於禮。但現實生活中，健身房上演的「我們來跳舞」，是否真是如此？

《生命中不能承受之輕》有個耐人尋味的句子：「幸福是對重複的渴求。」若真是如此，我們又怎會渴望生活多些驚喜？渴望偶然的脫序？

人生苦短，卻又漫長得可怕。暫時滑出一個狐步，短暫開溜，假裝投向別人的懷抱，又有何不可？

可是換了角色，我們又多麼痛恨那些闖入愛情與婚姻裡的第三者，討厭那些搶去我們舞伴的狐狸精。

隔了兩週，因為貪吃懶睡，胖了一小圈，我又趕忙上健身房報到，跑完三十分鐘的跑步機，想像自己的脂肪已經溶解在汗水裡、蒸發在空氣中，這才心滿意足地走進更衣室。而上回見到的幾個老婦人已經端坐在那裡，倒是不見那位大陸女子小蘋的身影。

不久，便聽到一個白白胖胖的歐巴桑說：「嘿，那個張醫師真的不來跳了嗎？」「唉喲，都被老婆抓姦在床了，哪還能來啊？」另一個瘦小婦人答道。「也要怪那個大陸女人太主動了啦，都已經結婚了，還老是要介入別人的婚姻、搶別人老公，不過怎麼鬥還是鬥不過正宮娘娘。」只見這幾個已顯老態的婦人七嘴八舌，全都固守起妻子角色，露出勝者的神情。不久，她們再次聊起股票的話題，錢財想來總比愛情實惠、可靠。

而男女間的進退、女人間的戰爭，顯然比社交舞步複雜，卻不如舞蹈那般優雅美麗。

我吹乾了頭髮，走出更衣室，再次朝舞蹈教室望去，好奇舞池裡到底還有多少故事？

而我的腦海裡突然響起了一首古老的台語歌謠〈跳舞時代〉：「阮是文明女，東西南北自由志，逍遙佮自在，世事如何阮不知。……」想著這復古旋律，多年前的青春回憶湧了上來，舞池裡閃爍的燈光忽然流轉眼前，令人暈眩莫名。

正當我沉醉於想像時，一個氣喘吁吁的大肚男從舞蹈教室走出來，與我擦身而過。我霎時驚醒，背起了運動包包，大步跨出健身房的自動門。

手機有戲

手機普及，秘密四溢，鈴聲一響，人間處處有戲。

有回我在淒風苦雨中等人，櫛比鱗次的傘花讓大街更顯擁擠、等待更顯無助，我只好撥起手機：「嗨，我到了，你在哪裡？」一個重疊的聲音在背後響起：「我就在妳身後。」我轉過頭，隔著密密雨絲，朋友和我都握著手機，感動地笑了。這畫面彷彿日本偶像劇，友人宛如久別重逢的戀人，雨水打在臉上好似淚滴。手機就像我們的spotlight、麥克風，無意間滿足了兩人的戲癮。

然而更多時候，我喜歡看戲。講露骨點：我喜歡聽別人講手機。有時冷漠的街道或冰冷的車廂，只因為一支手機而有了豐富的表情。鈴聲之後上演各式的戲碼：家庭倫理劇、愛情戲、諜報片……。具有「小說家」和偵探性格的人，大概都從中得到一些靈感以及許多安慰。

分明在書店裡閒逛的男子，接起電話卻說：「我在超市買青菜，馬上回去了。」明明在陽明山賞花，硬說在轉角的便利商店買黑輪。這些大概全是老婆、女友的跟蹤電話，手機於是成了謊言的練習器，抑或預告片的放送機。於是有汽車旅館業者，貼心地替顧客錄製各種「情境音樂」：或逛街，或搭捷運、或在辦公室開會……

手機越先進，秘密就越多。手機可拍照、可寫簡訊、可錄音、可上網，如此裝備，與情報員何異？所以說，送修手機和修電腦得一樣小心，要小心敵人就在你身邊。

國家機密不能在手機裡講，你看辜汪會、扁宋會……政治人物公開或私下的重要對話，從來不用手機。個人私密，當然也不該用手機。特別有時收訊不良，或聊到忘形，越講越大聲，秘密不再是秘密，還成了笑話。

我在網路笑話版上便看過這樣的事，說有婦人在公車上大喊：「想先上車後補票？門都沒有。」眾乘客吃了一驚，原來是婦人不讓女兒隨其男朋友去環島旅行。婦人接著憤慨地說自己當初就是太蠢、好騙，才會讓老公輕易得逞，害得娘家什麼都沒拿到……「啥？怎麼得逞的？唉喲，講出來羞死人了！我只跟你一個人講喔！就有一天晚上他送我回家啊，到了樓梯間他就說他很想要，對啊，硬上啊……」

當然，要聽到這麼仔細的劇情，實在可遇不可求。一般人講手機還是斷斷續續，聽者得拿出毛利小五郎的偵探精神，仔細拼湊故事內容。比較好聽且容易聽到的手機，是戀人間的絮語，就算肉麻，我也覺得有趣。

某日在台北車站等捷運，月台上擠滿了人，一個喜孜孜的女音從吵雜的背景中朗聲而起：「我煮東西給你吃好不好？」「煮麵好不好？那煮雞湯好不好？那滷肉好不好？好不好嗎？」我尋到這甜蜜聲音的源頭——一個胖嘟嘟、看上去大約三十歲的女子。她有著短短的頭髮、圓圓的臉，瞇成一條細線的笑眼、厚厚的嘴唇，以及紅咚咚的臉頰；穿著一件厚棉襖、一雙黑皮鞋。手機那頭的男人大概連聲說不，我只聽到這胖妹妹說：「唉喲，你每次都這樣啦，好不好嗎？我煮給你吃啦。」

戀愛中的女人真是可愛。該為她被人拒絕而感到難過嗎？你若是和我一樣仔細看過那張孩童般的純真、滿足的笑臉，聽到那足以甜死一窩螞蟻的情話，你也會像她一樣露出天使的微笑。

「車來了，車來了，我要去買東西給你吃喔，等等去找你喔，唉喲，你不要每次都說不要啦！」電話那頭的男人可能胃口全無，但見這可愛的女人沉醉在自己的愛意中，搖搖擺擺地隱沒在另一節車廂。

還有一次，也是捷運上，我對面坐著一對母子。高中生模樣的男孩子，親密地與母親手牽著手，有說有笑。大概因為很少有大男孩對母親如此黏膩，我忍不住多看了他兩眼，這才發現男孩子似乎有極輕微的癡傻，但實在不明顯，倒是母子倆爽朗的笑容讓人看了舒服、羨慕。這時母親接起了手機，似乎是家人打來的。她好像交代了幾件事，也說起晚餐的內容。兒子在一旁側著頭專注地聽。過一會兒，母親掛上電話後，一五一十地把剛剛的電話內容對兒子又說了一遍，因為聲音時大時小，我只是七零八落地聽進去什麼是什麼，而心頭已被這濃得散不去的母子感情包圍。

當然，並非所有手機對話都這麼可愛，電影院裡響起的手機鈴聲就讓人討厭，萬一那人還二百五地講起電話，更是該狠狠瞪他幾個白眼。安靜的會議中，突然鈴聲大作的手機也是不速之客，萬一不小心睡意正濃，更是會嚇死人。

有一回，我也因為講手機，不小心成了「討厭的傢伙」。那次李安回台為電影《斷背山》宣傳，網路業者辦了一場開放給用戶寫手的座談會，我既是該網站用戶又是李安的粉絲，加上演講場地離家很近，也就不顧一切，拋下女兒，興匆匆報了名。

那天，一個遲到頗久、時髦冷豔，模樣像是媒體記者的女生，因為前面位置坐滿了，只好坐到我旁邊。這時，偏不巧女兒的電話打來了，問我幾時回家？

可惜場地收訊不良，女兒掛了又打，一連打了三次。眼看活動要開始了，可是電話裡依舊充滿雜音，加上人聲鼎沸，我急死了，只好提高音量，大聲地再次告訴女兒：「一個多小時就回去，不能講了，媽媽要關機了。」怎知我才啪嚓關了電源，隔壁的女生便不客氣地對我說：「小姐，請妳關上手機。」我苦笑道歉，說自己已經關機。主角還未進場，可是我不舒服的感覺卻升了上來，實在好委屈。我想，她或許不能體會當媽媽的心情，也或許是因為她從頭到尾都沒「偷聽」我講手機。

戀愛旅行

有次在車站月台，見一對五、六十歲的男女拿著行李，手牽著手，笑咪咪地要去旅行。兩人拿出了手機，男士邊笑邊帶著一點責備，指著LINE上的通訊說：「妳看，我明明說是這裡啊，妳還跑錯地方。」我突然意識到他們不住在一起，應該不是夫妻。不知是二春或是？總之是戀愛中。

忘了哪裡看到的句子：「我跟你的戀愛，就像旅行，即使知道不會在你那裡定居。」把沒有結局的愛情形容成旅行，不只浪漫而且豁達。

然而戀愛確實像旅行，特別是年輕時。學習了解一個人、跟著他的眼睛看世界，自己的天地也擴大了一些。分手下車時難免感傷，但一段接駁著一段，如今回頭看，就像一趟趟的旅行。大概我沒遇過像獄卒一樣囚禁著戀人的恐怖情人，只要不腳踏兩條船，最終總能安全上岸。

我覺得戀愛時也最適合一起旅行，除了太想跟戀人一起四處遊玩，測試兩人日後是否能長久走在一起，往往一趟旅行就可以看清。看他如何購物？喜歡哪些景物？如何應變突發狀況？如何挑選給家人的禮物？許多日常生活無法得知的事、同居多年才得以發現的習慣，通常一趟兵荒馬亂的旅行就可一網打盡。

許多熱戀中的情侶，一趟旅行回來就告吹。有些旅行回來，更加濃情蜜意。於是，我眼前的這對中年男女，大概也正熱戀中吧？

我這個年齡看事情，往往多了一些寬容，不太在乎中年戀人到底是怎樣的關係。戀愛通常讓一個人變得可愛，甚至是穩定。戀人像錨，生活突然就有了方向或依靠。當然中年可以愛的事物太多了，可以是工作、是家人、是小孩，不全是賀爾蒙主導。但我還是佩服那些心不曾老去的人。

當然中年戀愛也必須要豁達，到了這個年齡還戀愛，誰不是一路上跌跌撞撞、坑坑疤疤？還有勇氣戀愛，就要更清楚萬事莫強求。年輕時轟轟烈烈，中年時可以溫厚又清淡，說起來也是一種進階。

中年因為做事情慢一點，對感情通常也會多些珍惜，寧可像一艘慢船，也不想像搭飛機。就算如風中柳絮，或許有天隨風散去。

當然我也聽聞過另一種更浪漫的愛情：有一位英國的老太太每天都穿戴整齊地去地鐵月台，只因為地鐵站廣播的聲音是她已逝的丈夫錄的。有一天，地鐵站換了機器人錄的廣播，她悵然若失，請求地鐵站換回她先生的聲音，大家才知道她天天去地鐵站的原因。

然而不管是哪一種愛情，中老年的愛情往往超脫了激情的陷阱。我總是同意馬奎斯在《愛在瘟疫蔓延時》中所寫的：「因為長期共同的經歷使他們明白，不管在任何時候，任何地方，離死亡越近，愛得就越深。」

高跟鞋

早晨七點半，對面的女人送走先生和孩子，她走到窗邊，像是目送家人一路平安，又彷彿遙望著不知名的他方。

她喝了一口咖啡，接起一通電話，消失在屋裡某個隱密空間。

再看到那女人，她已經挽起了長髮，換上一套黑白點點的立領削肩蓬裙洋裝。她打開鞋櫃，毫不猶豫地拎起一雙鞋，接著，出門。

那是一雙酒紅色的細跟高跟鞋，踩在灰撲撲的柏油路上閃閃發亮，照得路邊的野花也暗淡無光。

高跟鞋婀娜地拐進一條小徑，這時間，她應該是去捷運站，到城外，尋找另一個男人。

高跟鞋是美人魚尚未退盡的尾鰭，為了投向戀人的懷抱，她得忍受剔骨削肉折磨。在抵達之前，跳過兩條不懷好意的水溝，閃過幾隻昏昏欲睡的野貓，避開莽撞的摩托車以及千瘡百孔的地磚。烈日灼身，她流了一些汗，承受人魚的考驗，痛得差點掉下淚。

最後，再正正經經地脫下高跟鞋，像卸下戰士的盔甲，在戀人之前。

同時間，其他的家庭主婦，穿著平底鞋，在市場買了一斤肉、兩隻魚、三把青菜，在討價還價時，流了一些汗，回家，煮了一鍋飯，在切洋蔥時，掉下幾滴淚。

最後，再日復一日地等待下課鐘聲，像虔誠的信徒，將便當送到孩子之前。

高跟鞋和平底鞋，有著不同的人生故事和各自追求的幸福。偶爾，她們會彼此嘲笑與嫉妒，像是一對苦情的孿生姊妹。有時，高跟鞋還得提防其他款式的爭奇鬥艷：露趾的、綁帶子的、鑲鑽的、鏤空的，還有打蝴蝶結的。

午後，烏雲籠罩，雷雨滂沱而下，城市一片朦朧，所有的房子都濕了。戀人們赤足在屋裡跳著歡愉之舞，又熱又黏，但他們貼合的身體，因為相聚短暫，而有著藍色的氣味。

大雨不歇，是女人該回家的時候。想像那雙華麗的共犯在雨水裡泡軟了、泡癱了，無力地在爛泥裡淌著水，此刻必定狼狽不堪，終將洩露她的秘密，除非她把它們扔了，正如任何一次的背叛。

而妳，竟有些幸災樂禍起來。

戀愛與補習班

我的初戀是在補習班發生的。其實大部分的戀愛都容易在教室裡萌芽，也許是擠在教室裡至少五十分鐘，若不是昏昏欲睡，也是動彈不得，不由得腦子有點朦朧，日久天長，人心思動，正是愛情最容易滋長的氛圍。

而我那個時代，男女授受不親，國中開始，不是男女分班就是分校。我國、高中都讀女校，國中的男生簡直妖魔鬼怪。我的母校隔壁就是男校，兩校之間剛好隔著男校的游泳池，有時擦窗子會看到男生在泳池邊鬼叫。下課後，我們都盡量男女各走一邊，有種人鬼殊途、妖怪快閃邊之感。

高中開始，男生要不就變得更狂野，要不就斯文收斂，也可能是女生開始情竇初開，心情有了變化，可偏偏牛郎織女各在一方。彼時救國團寒暑假都有營隊活動，這些活動就成了男女接觸的媒介。其次，就是校外的補習班了。

補習班的教室座位比學校更擁擠，老師只管收學費，不可能將男女分班。除了壓得喘不過氣的升學壓力，教室裡可以遇到異性，說不定也是補習班吸引人的地方。

高中我英數皆差，但教書的父親並不贊成小孩補習，我只有在高二升高三的暑假，補習過英文。整個暑假聽著老師文法清楚但是發音很差地讀著英文，每一堂我都昏昏欲睡。

英文成績是否進步，我已經不記得了，但是卻睡出了一場初戀。彼時喜歡我的男生坐在離我有段距離的斜前方，據說是趁著發考卷時轉頭望向我這邊。我因為不喜歡英文故上課顯得有點恍惚，卻讓他誤以為是「仙氣」。

幾週下來，他終於趁著下課回家搭車時跟我搭訕，第一次介紹自己的名字時說：「妳也許看過我的名字，在前面的成績排行榜上出現過。」據說他為了吸引我注意努力了好幾個禮拜，可惜我成績糟到對排行無感，始終不曾去看過那個榜單。

成績好或許還是吸引人的一種條件吧？雖然後來喜歡這個男生是因為他種種細膩以及可愛之處，比如比我細心而且也算幽默，而最後他喜歡我的原因也不是仙氣，而是好笑。

然而成績好壞卻也是一種壓力，標示著成功神話或是無能，可是人生絕不只這些，而當年的我無疑屬於後者，即使我讀的學校是前三志願。

當高中生發起了「終結放榜新聞：拒絕『成功』模板，停止製造神話」活動，我除了佩服這些獨立思考且勇敢的學生，也想起那些年在學校受到的成績羞辱。唯一的意外，大概是在那樣的封閉時代，在補習班裡談了一場戀愛。

從筆友到臉友

大概在我國高中時期，《姊妹》畫報在女孩之間廣為流行。畫報的發行地在香港，但是港台兩地同步流行。它的開本不大，內容以介紹時裝、美容、家政和娛樂消息為主，也刊登一些小說或小品。頁數不多，總之是一本可以讓人從頭看到尾的綜合性半月刊，特別是尾巴，因為有徵友欄。

我曾經仔細地閱讀裡面的徵友訊息，總有一些人寫得非常詩意浪漫。高一時我因為家住得遠，因此住校。好不容易離開家，加上少女情懷，突然某一天大起膽子，照著上面的信箱寫信給一個讀清大的男生。

我記得第一次見面是約在學校附近的河堤。聊些什麼也忘了，總之非常緊張。印象中對方好像已經大二了，而我才高一，我根本是小朋友啊！正覺得尷尬時，對方突然開口：「對了，徵友用的那個名字不是我的真名，我叫做×××。」我愣了一下，這表示他願意跟我交朋友了？那麼之前為何要用假名呢？他說怕同學知道了會笑話他。那麼寫信給他的我也是個笑話嗎？

我大概理解他的顧慮，但發現自己天真無知，有點感到受傷。也忘了後來有沒有繼續收到清大筆友的信，但我記得那之後我們並沒有再見面。

沒有網路的時代，還有一些同學會交外國筆友，據說是為了練習英文。大概是因為我的英文不夠好，也不知道去哪裡認識這些外國人。

後來透過救國團的營隊，才算和男孩子有了「正常」的認識機會，再不然就要等到上了大學。彼時對讀男校或女校的我們，男女隔離才是正常狀態。

網路在我婚後才開始盛行。第一次上網也是因為待在家裡太悶。彼時我還弄不懂什麼ＢＢＳ，第一次先摸上一個聊天室。聊天室有人公開聊天，但也會有人私下密你。跟男生私聊，當然有一種詭異的感覺，說起來那真是一個危機四伏的虛擬世界。我一直到開了明日報新聞台發表文章，才算是走上了網路「正途」，這之後就一路正到底了。

ＭＳＮ則是一個消失的秘徑。原因是太一對一，而大家更喜歡許多人一起交流的社群軟體，彼時推特和噗浪盛行，臉書也正在崛起，加上ＭＳＮ總會遇到一些不想搭理的人，於是一上線只好掛隱形或裝忙碌。有了私訊空能的社群軟體，慢慢逼得ＭＳＮ退出江湖。

後來LINE的出現彷彿ＭＳＮ借屍還魂，比較私密性，又可以通話，往往一對一，或是小圈圈。臉書若是公場域，那麼LINE就是私領域，但公眾帳號也不少。

我喜歡臉書而少用LINE，原因是我喜歡讀文章及公開交流而不是私下聊天。最不喜歡接受不認識的臉友交友邀請後，對方就猛傳私訊和自己的文章，我總覺得這太侵犯。倘若有老外莫名私訊，開口就說“You are so beautiful.”那肯定是詐騙，畢竟這年頭已經少有外國筆友這種浪漫情懷了。

情人節番外篇

剛畢業那年，我和初戀男友處在若即若離的狀態。他忙著考律師、司法官，我忙著上班、忙著玩。公關公司的工作雖然忙碌異常，但我只是一個資料室的專員，原可以準時下班，但我受惑於九〇年代五光十色的職場生涯，下班便和同事趕場吃飯、唱歌。

彼時我們青春正盛，吃飯常有男士買單。我和我最要好的女友，流連於PUB和KTV，歌舞昇平、前途光明。有時唱完歌，大半夜還殺到永和吃豆漿。我和男友就這樣不知不覺、自自然然地處在一種沒有明講的分手狀態。

說起來，我當時如果有迷戀的對象，絕不是男人，而是一個比我可愛、漂亮的女同事。女同事的男友則是一畢業就出國念書，某種程度上，我們都認為自己處在一種「半空窗期」，可以處處搞搞曖昧，但又不算真的出軌。

我另外還有一個異性朋友，我記得是一個比我年輕的工讀生。這男孩帶著女氣，沒事會跟我聊服裝。有一兩次，他還伸出手幫我調整圍巾，偶爾也聊他自豪的長睫毛以及中性的五官。事實上我把他當成女生。當年同志和出櫃雖不盛行，但我們這個圈子裡同志極多，不說大家也看得出來。於是我等於有兩個「女朋友」，怎麼玩，我都覺得對男友有交代。

那一年，我突然在報上看到司法官放榜了，於是興匆匆地打了電話給男朋友，問他考上了沒？他接到我電話時顯得有點意外。「考上了。」他說。

「哇，太棒了！那我請你吃飯吧！」

他突然支吾了起來：「那怎麼好意思呢？」

印象中，好像是七夕還是西洋情人節就快到了，於是我提議那天一起吃個飯。這時他才說：不好意思，那天已經跟人有約了。對象我也知道，因為我們曾經為了這個「第三者」分手過一次。

掛上電話時，我其實還是有點難過，但又覺得對彼此未嘗不是一種解脫。我不是苦守寒窯的王寶釵，我曾經接二連三想要接受別人的追求，況且我那麼久沒跟他聯絡，憑什麼他一考上，我又坐回女友的位置？

我癱坐在椅子上發呆。工讀生問我：怎麼了？我苦笑：剛和男朋友分手了。

隔天我照常上班。工讀生一見到我便問：「那情人節要不要一起吃飯？」

我瞪大了眼睛，突然一把怒火，大聲吼他：「憑什麼？我跟男友分手了，也輪不到跟你一起吃飯。」

話如利刃，一出口，我們就決裂了。好像沒多久他就離職了。老實說，事後我覺得抱歉，但我生氣的原因是因為我一直把他當成女生、當成同志，才會毫無芥蒂地接受他平時對我的好意，讓他誤會我們有機會在一起。錯得太厲害。

或許也錯在他選錯了告白的時機。

那之後，我就不過情人節了。

通往靈魂的食物

食物經過舌頭，穿越喉嚨，通往胃的時候，往往也通往靈魂，勾起了無數的回憶。嘴巴是一個誠實的器官，即使它吐出來的，有時是謊言。

比如拿貝果（bagel）來說吧。我第一次吃到bagel大約是二十年前的事。彼時我在美國南方讀書，這是一個從北方來的中國男生帶給我的早餐。他告訴我這是猶太人的食物，紐約人很喜歡。吃的時候要抹上cream cheese。因為寂寞的緣故，他希望能在南方找到一個東方女子，或許可以安定下來，有一次他拿出綠卡，在我面前晃啊晃。因為寂寞的緣故，我時常接受他給我的食物，我想那時的我，有一點虛偽。

週末，吃完早餐後，我會陪他帶著獵槍到郊山打獵。說是打獵，但其實一開始，我只是練習射擊空罐子。說是打獵，不如說我對合法的槍枝感到好奇。在空曠的樹林裡，聽著子彈射擊出去的聲音，卻常常不知子彈飛到哪裡，感覺非常空虛。我亦沒有獵人性格，總覺得打獵殘忍。幾次下來，好奇心消退之後，我就疏遠了這個中國來的陌生人，忘記了這個人的樣子，但卻記住了bagel和cream cheese的味道，因為我記得那段寂寞的日子。回到台灣時，我捨棄了貝果，重新開始了蛋餅和油條。

又比如有一次，我愛上了一家日本拉麵，興匆匆地拉著朋友去吃，那一條北投的溫泉路上，我走得心事重重，不知道該不該和這個人繼續走下去。朋友吃了不說話，湯頭不合他口味，而整個故事到後來也走了味。

和一個人相知相守甚至一起吃飯，有時是件很不容易的事。多數時間，我喜歡一個人吃飯。單純只是吃飽，或是好好的品嚐食物的味道。好吃的時候，用力跟老闆稱讚，開心地再來一碗！

那天我在咖啡廳裡吃bagel喝著美式咖啡，想起這是很多很多年前的習慣。然而寂寞的記憶沖淡了，回歸食物的單純美味。真的好好吃！好可惜，我最喜歡的水果口味還是沒有貨，但是核桃黑糖也不錯，我記住了這些好味道。

我一邊喝咖啡，一邊讀著書，讀到入神時，我常常進入了書中人物的靈魂裡，或是聽到作者跟我說話。你在文字裡總是比較容易找到soulmate，而且可以非常博愛，不必天長地久，隨時可以換人去愛，闔上書、閉上眼，就可以說掰掰。

閱讀讓人學會獨處，卻又不感到孤獨。於是我把心交給了書，單純的嘴巴就拜託食物照顧。吃東西的時候請不要說謊，讓我們虔誠地面對食物，或許我們的靈魂也會比較純粹。

柚子與女人

到超市挑選文旦，看著皺巴巴的果皮，店員不忘貼心補上一句：「還可以放更久更皺一點，味道會更甜。」這一年才吃一次的水果，我其實不懂賞味的秘訣。小時候只知把柚子的皮剝下，當成帽子戴在頭頂。柚子混在琳瑯滿目的月餅中間，永遠只是配角。除了中秋，很少相見，但年年重來，也稱不上懷念。

然而中秋才盛出、皮皺了才美味，這些意象讓中年的我突然對柚子的好感加倍。再看看柚子的身材。唉，我承認它實在長得太療癒了。下盤厚實，好似發了福的女人，且好吃與否和形體美醜無關，柚子重內涵，重者水分多，汁多且甜美。

看來柚子的美學，值得好好推廣。它不像盛夏怒放的荔枝那般嬌貴，採下不久就要品嚐，外皮一旦乾掉，噴水也假不了太久，逼得皇上得快馬加鞭。柚子低調堅忍多了，在自然環境下可以擺放一段時間而不變質。

上網一查，古人對柚子也讚譽有加，呂氏春秋寫道：「果之美者，江浦之橘，雲夢之柚。」而台南麻豆文旦則在清代時由福建漳州引進。《漳州府志》寫道：「柚最佳者曰文旦。」我們有緣在台灣吃到最佳的柚子，真是太幸福。

也不是只有我將柚子想像為女人，好比形狀圓潤、果肉為淡粉紅肉的蜜柚就稱為「西施柚」，又大又甜的西施柚據說是柚中極品，價格昂貴。

不過柚子最大的優點還是在於它的功效。柚肉可潤肺，柚皮能化痰止咳，還能助眠、防蚊。也難怪韓國人會將柚子連皮做成柚子醬、柚子茶了。

從裡到外用到一滴不剩，柚子真是太偉大了。

今年的文旦雖受暴雨影響，但品質與價格都算穩定。看著超市裡的文旦和柚子一籃又一籃，真是越看越順眼。我自己早買了一箱花蓮鶴岡的老欉文旦，味道似乎不輸台南麻豆了。

中秋節吃多了月餅還有這些年才興起烤肉，肚子似乎又大了一點，站上磅秤一量，體重再創高點。雖說要效法柚子的精神，不重外表只重內涵，但長久下來的女人執念，還是有點艱難。只是美的定義，確實不單是皮肉相。當皮囊日漸皺去時，但願多一點坦然與智慧，還有年輕時較缺少的溫潤甜美。

我站在鏡子前自我催眠順問先生：「我是不是漂亮的中年女人？」先生幽幽地說：「算吧！只不過胖了一點。」

城市裡的慾望

據說《慾望城市》要拍續集了。「城市中還有慾望嗎?」是續篇暫定的主題。這群當年三、四十歲的輕熟女，過了二十一年，來到五、六十歲，還有慾望嗎?顯然原作者甘蒂絲布希奈爾抱持肯定的答案，否則也不必演了。

一九九八年，這部描述紐約城裡輕熟女的「Sex and The City」，主角們生活多采多姿，韻事不斷，在繁忙的工作、家庭、情感之間掙扎與浮沉，也不時觸動人心。搭著九〇年代全球化商業的浪潮，一直進展到二十一世界，讓全世界的女性為之著迷，彷彿劇中人的生活就是自己或周遭，抑或是未來的想像，成為另一種生命的啟蒙。

彼時我剛離開職場，開始遠離了這樣的生活想像，若即若離，有一搭沒一搭地看著，並不算粉絲，免得怨念太深。然而過了二十年，如今主角們年過半百，「城市中還有慾望嗎？」

說來奇妙的是，過去這歲數的女人多半在準備退休、含飴弄孫，或在公園裡跳土風舞，如今拜醫學發達，人類壽命延長，美魔女當道，這群50⁺的女人，還不時上健身房健身，繼續在事業上打拚，甚至偶爾與陌生人交歡、和老情人重逢也說不定。有錢且仍有自信，過去的半百老嫗如今老當益壯。看新聞照片中的原作者甘蒂絲，正是這樣的風情。

據說飾演專欄作家凱莉的莎拉潔西卡派克一直對再拍《慾望城市》續集電影感興趣，但是演莎曼珊的金凱特蘿卻擺明了金盆洗手，只好被迫放棄。我查了一下劇中幾位主角的實際年紀，莎拉潔西卡派克、辛西亞尼克森、克莉絲汀戴維斯，都「只有」五十幾，但金凱特蘿已經六十三歲了。印象中當年這位莎曼珊是最風騷的一個，也吻合了「三十如狼、四十如虎」的想像。但怎麼說，六十幾歲還要在螢幕前寬衣解帶，甚至演出親熱戲，確實很有難度，即便仍有慾望，但偶一為之也就算了，連續的影集不要說主角自己覺得無法，恐怕觀眾也覺得太超過，成了「恐怖老人性愛」了。

有時不免覺得自己這個世代真是太幸運又太可恥。太早開始懷舊，如今又太晚準備退休。我自己是打算半退休，只是對身體狀態還是有點執著。有一位跟我同年的「青年」朋友傳了新聞給我，說是國際衛生組織最新認定十八歲至六十五歲都是青年人；六十六歲至七十九歲是中年人，這樣金凱特蘿仍有幾年的「青年歲月」。但也有人說這消息不是真的，四十五到五十九歲是中年人，六十歲以上是初老。我比較願意接受後者，中年沒什麼不好，只要心態上年輕，樣子慢一點變老，且不要倚老賣老，前進與後退都有餘裕，也不會逼死自己。

身體都知道

作家李欣倫說：「身體是容器。」這是她懷孕後開始意識到的。女人往往是受器，接受男人的精子、讓生命在子宮裡茁壯。女人懂得容忍，或許是身體教的事。生產時的疼痛，據說是最高級。

然而痛感很主觀，往往因人而異。我這人極任性，像是會大哭大鬧的人，但生產時才知道自己忍痛力超強。第一胎打了無痛，居然忍到羊水破了才有感。第二胎死都不打無痛，分娩時確實有了天崩地裂的痛感。不過因為時間縮短，叫喊了一會兒，如今竟記不得了。

打針、抽血於是都成了小兒科，袖子一捲，總能微笑地告訴護士說：「我不怕痛。」兒時怕打針，褲子都脫了，竟在診所裡讓醫生追，想來只是心理因素作祟。

先生和婆婆怕痛又怕癢，連蚊子咬都吃不消，雖然他們平時吃苦耐勞，可是不怕痛這事，硬是讓我在婆家裡可以抬頭挺胸。

但我對冷熱極敏感，氣溫降了、小孩發燒，皮膚一接觸就知道。這點又和先生不同。他總要靠體溫計或是氣象報告，才知道發燒幾度？今天是否要穿外套？

但忍痛不是好事，前幾年反反覆覆胃痛到不行，吃點藥就照常上班上課，直到黃疸嚴重，才知道膽結石卡住了膽管，馬上要住院開刀。取出的結石成堆，才理解這是十年來每次「胃痛」忍耐的結果。每次都靠深呼吸，一陣子後劇痛感會自然下降，原來那是結石落下的感覺。

細想每次生病身體都曾發出警告，年輕時的蕁麻疹、多年的胃痛，其實都是病的訊息。身體都知道，只是「我們」不知道。爬蟲腦控制的反射與原始本能：覓食、冷熱痛癢、睡眠與性慾，幸或不幸，有時竟可以被我們掌管心智的靈長腦給壓制住。

性慾也因人而異，只是少有公開的指數，淫蕩和貞潔也就成了迷思。多年前的日本電影《紅橋下的暖流》劇中女主角興奮時會有大量的愛液如泉水般湧出。但片子並不色情，反而有點搞笑，且因為遇對了人，成了一部感人的愛情電影。

然而有位男導演不易勃起了，卻性侵了他人，顯然不是他的爬蟲腦反射難以控制，應該是主宰情緒的哺乳腦作祟，或許他太迷戀於性慾的快感，當男性的雄威下降，內心的渴望卻不減反升？說來悲傷但又不值得同情，輿論的批評與嘲諷排山倒海而來，因為我們更期待他的靈長腦發揮忍耐的意志。這是他太少學習同感他人，學著讓自己的身體成為容器，而不是侵略他者的武器，所付出的慘痛代價。

說話

大女兒一歲左右的某天，我抱著她，突然跌了一跤，因為怕女兒受傷受驚，我機靈地單手撐著地面，以極不自然的姿勢仆倒在地。那畫面想來是有些滑稽。只見女兒張嘴傻笑，彷彿想要化解這場尷尬，突然指著我的胸部，說了一個單字：「B。」（這可不是罩杯尺寸。）

結果受驚的人是我，當下幾乎喜極而泣，因為這是她第一次指認出某個符號，並且正確地發出聲音，那是我衣服胸口上的英文字母——B。

女兒會說單字大概是在一歲的時候，和育兒書上「成長對照表」的說話啟蒙時間吻合。雖然我的父親曾出於虛榮或是幻聽的原因，堅持我家老大在三、四個月時突然喊出一聲：「阿公！」但我認定那必然是異物入侵或是發聲練習，無意識且連她自己都深感錯愕的意外，因為距離她第二次說出「阿公」兩字，起碼有一年以上，這中間不太可能有什麼值得她深思謹言的人生轉折。

我輩靠著書籍育兒的新手媽媽，常問出一些「想當然耳」的奇怪問題，比如「怎樣教小孩說話？」就是其中之一。記得第一次問某位較我資深的母親這個問題時，她張大眼，彷彿遇見外星人般找不到適切的言語，最後終於嚅嚅地回答：「啊，妳就跟她說話啊！就像跟大人說話一樣，頂多是速度慢一點，她會懂的。」

真的是這樣嗎？那顆初生不久有如文旦大小純潔無知的腦袋瓜子真的有辦法處理人類龐大的語言資料？那些有實物可供辨認的名詞或許容易，但那些抽象的名詞、形容詞、副詞，比如情緒、美醜等意識、時間等等，她該如何理解？還有她如何去拆解及組裝一個句子？像是主詞之後接動詞再接受詞，還有穿插其間的形容詞、副詞、形容詞子句、副詞子句。難道沒有更科學、快捷、有系統的教學方式？就只是「跟她說話」這麼簡單而已？

於是，我開始放慢說話的速度，減少形容詞與副詞，加強臉部表情和肢體動作，而且盡量用言語說明自己的行為，彷彿舞台劇演員，全盤拱出自己的內心獨白，只缺一盞spotlight。好比幫女兒換尿布，在抬起她的小屁股時，我會說：「媽媽要幫妳換尿布了，臭臭，但媽媽不怕！」必要時還會用簡單的英文複述，以達到雙語教學的目的。

如此一段時間下來，不僅手上忙不停，嘴巴也難休息，不免感到身心俱疲、瀕臨崩潰，只好託付兒童教學錄影帶、ＤＶＤ代勞，待女兒吃飽喝足，便將她往電視前一擺，我才得以換來片刻清閒。

於是當女兒開始會說「媽媽」兩字的同時，那個反覆從幼兒英語教學錄影帶認來的「Ｂ」，對她來說，大概和我的胸部一樣熟悉。

待我生下老二時，所有語言實驗的樂趣已經結束了，像多數的母親一樣，老二的一切學習方案比照老大，但從簡辦理，只不過多了一位「助教」——姊姊，也還算公平。而姊姊自從有了妹妹這個「新玩具」，對著玩偶檢討家中伙食以及和牆壁討論未來生活的次數也大大降低。

妹妹自然而然地也在一歲多開始學語，而且在姊姊熱情的指導下，進步神速，畢竟那條神秘的語言線路，姊姊才剛剛摸索過來。哪些該懂、哪些還需時間沉思，都是她們姊妹之間可以迅速判讀的摩斯密碼。而姊姊機關槍式的話語，妹妹竟聽得如癡如醉、心領神會，或許我當年絞盡腦汁的語言傳達方式是過於簡易、緩慢且有點杞人憂天。

大約在妹妹兩歲左右，姊妹兩人開始可以進行簡短的寒暄，討論起天氣、玩具和花草蟲魚，並且密謀一場又一場的冒險：躲進床底、衣櫃，拆解玩具和爸爸的儀器，試吃媽媽的香水、化妝品。

而更奇妙的是，主要由姊姊教導語言的妹妹，在一次感冒聲啞之後，突然變成低沉、沙啞且帶著大舌頭的童聲，那恰是我說話聲調的兒童版。而妹妹詞彙豐富、思考成熟，每每讓我嘖嘖稱奇，唯一的缺點就是講話結巴而不自知，但那竟也是遺傳自我啊！多年前，經朋友模仿，我才知道自己說話斷斷續續，還不時出現有如唱盤跳針的情形，所幸如今已大幅改善。然而這些流失的說話特質，竟會寫進基因圖譜，如胎記一般在女兒身上重現？妹妹竟成為我的復刻版而不是姊姊的分身。

「說話」為我們展示了一個具體而微的小宇宙：有些事物是經過系統的、可理解的方式學習、模仿而來；有些卻是天意，一種無可言傳、難以理解的神秘傳承與複製。

前陣子我的女兒要求我不要說些太幼稚且不經大腦的話、不要模仿小孩子的動作裝可愛，因為其他同學的媽媽不會這樣，這讓她們覺得相當丟臉。「還有啊，」妹妹說，「不要叫我『小隻隻』了喔，妳不覺得『小隻隻』聽起來像隻猴子？」

失而復得

先生拿著一個小小的鑽石墜子向我走來：「這可是妳的？在洗衣籃裡面找到的。」

搬家最大的驚喜竟是找回了這個遺失多年的墜子。幾年前一覺醒來，發現項鍊的鍊頭鬆脫，墜子不翼而飛。以為滾到床底，但雜物滿地，再見實在太難。

我記得當時心頭微微一痛，不全因為寶石的價錢，而是因為這是我當年懷孕生產，先生送的禮物。第一胎是戒指，第二胎是項鍊。先生說：難怪好眼熟。

小小的戒指取代了婚戒，我曾經配戴多年，某一天突然發現小鑽滑出了戒台。掉落戒指的彷彿預言，由於育兒生活單調瑣碎，那正是我對婚姻感到疲憊的一段時間。

再來是幾年前，我已經復出工作，生活充實忙碌，但始終不賺錢。突然某天早上起來，項鍊無端鬆脫，墜子因此掉落。開店忙到天昏地暗，許多家務開始改由先生代勞，我在小孩心中的地位也一落千丈。戒指與墜子前後遺失，彷彿生兩胎的功勞也一筆勾銷。

但開店七年多，除了賠點錢，步入中年的自信倒是恢復了。懶散的個性被推著往前，害怕與社會脫節的問題，也迎刃而解，於我終究是利多於弊。更重要的是，經濟收入與家務兩邊都仰賴先生，上班後的我反成了窮忙一族，但過去埋怨困在家中埋沒了才能，如今卻深深感謝先生對家庭的貢獻，想想自己多少幸運，其實也沒多大的本事。然而這一切的轉變還是因為自己做出創業工作的決定，否則我仍會埋怨婚姻生活斷送了我的青春、先生有點無趣。

工作絕非萬能，但卻讓我不至於成為包法利夫人。開書店做了不少好事，也覺得自己是一個不錯的人。

結婚二十幾年了，孩子大了，房子也老了，許多地方都必須整修，先生乾脆買了新房。他出錢，我出力，這幾個月我負責監工裝潢。看著新房子越來越美麗，我想著以後也該多點時間分擔先生的家務。才剛有這樣的念頭與作為，墜子竟然就失而復得，原來它只是靜靜地躺在洗衣籃底，我疏忽家務幾年，它便躺了幾年。

搬家前夕，一堆塵封的物件紛紛出土，房子與婚姻都未必天長地久，但所有的相遇都是久別重逢。

就這樣結束一家書店

二〇一一年開書店時，我曾經想起一部九〇年代的日劇《長假》，隱約記得其中一段經典台詞：「倘若有一段時間做什麼都不順……就當做是老天爺給的長假。……假期過後，人生轉變的契機就會來臨。」待在家中超過十三年，說起來並沒有「不順」，而是平淡乏味，且失去了自信，像是停在岸邊的船，好想重新啟航，再闖一闖江湖。彼時位於師大商圈的一家書店歇業，我心想如果人生還可以有什麼變化，做自己想做的事，機會已經降臨了。

以「永樂座」為名，主要是因為這家二〇年代創立於大稻埕的劇院早已消失不見，希望以此命名，能引起人們的好奇以及對本土文化保存的重視。而在當初開店之時，我便已經想像：或許哪一天我的書店也會消失不見，天下怎有不散的宴席？

知道書店經營不易，但仍躍躍欲試，我想這是每個創業者的心情。然而一開始就抱著「總有一天會關門」的打算，書店竟也撐到第八年。我想支持我走下去的原因，其中多少是愛吧。而這幾年確實找回了自信，磨練也大致完成。年輕時的我算是佛系少女，遇到困難就避開，人到中年才知道堅持下去才能開花或開悟。七年半下來盤點成果，得到的比失去的多太多，然而失最多的是錢，除了這行不好做，也認清自己不善於做生意。經常虧損的書店，或許也該設停損？

找回自信後做什麼都行，最想讀書與旅行。況且人生下半場，或許可以休息喘口氣，即使走下坡也很合理。剛好某位經營出版社的朋友看上我的書店，於是我決定明年春天將店便宜租給她，換得一些自由時間。

彷彿又回到多年前的生活，心情卻全然不同。

「書店關門我就走」，我一直希望自己能這麼瀟脫。決定後雖有不捨，但心情是愉快的。做出休業決定後，第一件事是把頭髮留長，還希望再瘦一些。突然想起《長假》裡山口智子，再次搜尋片中的經典台詞，才發現真正的句子是這樣：「人生不需要總是盡全力衝刺，人總有不順利或是疲倦的時候。在這時候，就把它當成是上天賜給我們的假期，不必勉強衝刺，不必緊張，不必努力加油。一切順其自然，然後一切就會好轉。」啊，此刻的我正期待長假。

熄燈日

我的書店剛好選在鬼門開的前夕開幕，結束那天則是二二八紀念日，兩個日子都未經挑選，大概說明我這個人百無禁忌、一切隨緣。

因為去年底就放出歇業的消息，除了讓同事可以先行打算，熄燈那天大家也會少一些震驚。以一個熱鬧的派對結束吧，我心裡早就打定了主意，要快快樂樂走向下一段旅程，一如我現在的心情。

其實整個二月訪客不斷，以前的同事也都提前來跟我告別，有曾經在我書店辦過第一場發表會的新銳作家特地來跟我道謝。還有熟客提前一天來，說是不喜歡「最後一天」的感覺。短短的二月卻生意興隆，早就沖淡了結束的感傷。

派對的形式倒是到最後幾天才決定，我決定當天不賣書、也不準備吃的，請大家自行帶一樣食物，就可以帶走現場一本書。如此一來我和同事不必忙得人仰馬翻，而且大家還能幫我清書架，讓我少打包一些。

派對傍晚才開始，但下午一開門，客人就不斷湧入，紛紛搶購架上所剩不多的書。接著帶著食物的客人陸續進來了，準備好陪我們度過最後一晚。

我其實認得每一個來過的客人：有的結緣於我第一家店，好久不見了，所以一定要來見我「最後一面」。有編寫《深夜的獨立書店》舞台劇而結識的學妹。有幾個認識多年的客人或是編輯朋友、有喜歡我的客人，還有我大學的同學……。也有不少客人第一次來：年輕的客人多半拍照打卡，我並不反對他們帶著愉快的心情將此當成一個即將消逝的景點，願意在最後一天跟我們消磨時光已屬有心；幾個中年男客人似乎相見恨晚，滿是惆悵，於是拚命掃貨。我除了真心感謝，也不知該說什麼。

原本不打算做生意，結果誇張到連椅子、水杯和書擋都有人買，同事幾乎忙不過來，結果暑假的實習生竟也悄悄地來了，捲起袖子到吧檯裡幫忙。說來意外，這是開店以來生意最好的一天。

幾個原本不相識的客人圍坐一起，也就天南地北地聊了起來，這讓我想起自己開店的初衷：「創造一個人與書、人與人相遇的空間。」即使今天已經是書店的最後一天。

高潮點是有人帶了隨身麥克風，現場也就成了卡拉ＯＫ。店裡的唱將實多：店員、實習生，還有帶麥克風來的朋友，連我也真情流露，唱出了歌女的水準。

我一點也不介意這天有人貢獻的多，有的人只是吃吃喝喝，因為每個人的作為都有他的理由。固然有人第一次來便一直捉著我問問題，稍微讓我為難。書店本來就是人生百態的縮影，特別是當派對展開，我真心希望每個人帶著快樂的記憶回家。

直到人都散去，我拉起鐵門、熄了燈，最後，走到陽台，關掉了招牌燈。

關燈之前，我用手機拍下了黑暗中明亮的招牌，它曾是我心中的太陽。
珍重了，我相信如果有緣，我們一定會在其他的地方相遇。

輯四

中間的人

我以及不存在的二哥

母親躺在黝黑的通鋪木板床上，角落的大同電扇喀啦喀啦旋轉著。母親正睡著午覺，隆起的肚子像小山丘。兩歲多的哥哥看著那起伏有致的肚子，像是充滿挑戰的跳箱，一時著了迷，啪答啪答跑到床上，對著母親說：「媽，妳別動！我跳過去喔。」母親霎時驚醒，哪敢乖乖躺著，趕緊側過身子，哥哥腳一滑，屁股就坐上那軟軟的肚子……

「結果妳二哥就這麼沒了，然後，沒多久便懷了妳。」

啥……我傻住了，半晌才回過神問媽媽：怎麼知道是哥哥不是姊姊？媽說：五個多月大了，小雞雞都出來了。那臉呢？很清秀，但不算太清楚。

憨直的母親說這些話時，應該有些惋惜與內疚吧。她或許沒想到這些畫面會銘刻在我的心中永難忘記。我記得尚年幼的大哥繃著臉，無辜地說：「我叫妳不要動嘛，妳不動的話，我明明可以跨過去的。」果然這事大哥也牢牢記得。

我想像二哥像是滑出母親體內的紅色麵團，無言地躺在廁所的一角。

大概是因為發生了這件事，從小我就對生命充滿好奇。總覺得早一刻或晚一刻，我就不會是現在的我。既然不是現在這模樣，其實也就稱不上是「我」。

我到底是誰？

我想像自己原是飄蕩在空中的靈魂，在一個奇妙的夜晚住進了媽媽肚子裡的肉身。那麼漂泊無依的二哥，會不會也偷偷地一起住了進來？

小時候，我總覺得身體裡同時住著一個女孩、一個男孩。他們常常對話、彼此相愛，有時也互相仇視。他恨她軟弱、多情，她怪他好勝、薄情。

我的深藍百褶裙裡永遠多穿了一件淺色短褲，見到師長，我會把裙子整理得乾淨整齊，像個小公主一樣低頷微笑。放了學，便脫下先前的拘謹，隨著大哥在小巷裡打滾地壘球、在空地上玩泥巴沙子，當哥哥的小跟班，男孩子似地到處撒野。

很多時候，我也會端坐在母親的化妝台前，仔仔細細地描著口紅眼影，抹抹粉底胭紅。更多的時候，我希望自己是個男孩，一拳一腳就可以打扁那些欺負我的臭男生。然而這個懵懂的希望終於在我第一次月經來潮時，確知是落了空。

我的身體越來越像個女人：胸部如發脹的包子，逐漸隆起；腰身很少長肉，吃下去的肥油只好滑到臀部；聲調沉了些，卻還是帶著軟軟童音；而且一個月裡總有那麼幾天心情不太穩。

我慢慢也懂得原來擊敗男人不需要拳腳相向，有時，只需要一個眼神。我的女身優勢遠勝過羸弱的男性思維。而我的男子氣（我的二哥？）像一個潰敗的將軍，蹲踞在心房的角落，再也提不起勁。

大哥似乎全然沒發現這些改變，還是執意拉著我打籃球，和他的死黨同學看電影、壓馬路。但我卻越來越難以忍受那些隔著T恤陣陣飄來的汗臭，以及看電影時，那些窸窸窣窣扭動靠近的身體。

接著我也發現，克服障礙險阻原來不需要千軍萬馬，有時候只需要一個微笑。但奇怪的是，當我微笑，敵人竟然少掉了一半以上的男人，但是卻多出一些女人。那些會對妳笑，然後伸出一隻腳絆倒妳的人，不再是童年時的臭男生，而是那些和妳一樣穿著裙子，且比妳具侵略性的女人。

該愛女人？還是男人？我究竟是該吻醒沉睡中的公主？還是等待騎著白馬前來的王子？

當答案越來越明確，「我的二哥」似乎也逐漸從我身體裡撤退，對我說：「妳保重了，小妹。」然後依依不捨地揮手告別。

「二哥」走了，我才懂得和男人戀愛是怎麼一回事。懵懂少女情，我曾狠心地甩掉那個合不來的男朋友，長大之後，我可以周旋在一些曖昧之中全身而退。相較於大哥的木訥靦腆、情事不順，我不禁懷疑，是不是「二哥」沒走？「二哥」始終是那個中間的人，他像個守護天使，一直圍繞在我身邊。當我因失戀神傷，痛苦無處宣洩，我也總是靜靜地望著窗外，暗暗禱告，請求他伸出援手。「二哥」總是來來去去，一直到我二十幾歲，再也不冀望自己是個男人，二哥的影子才離我遠去。

順利和男人結婚後，接著又順利地生下兩個女兒。男主人早出晚歸的生活，家裡幾乎成了女兒國。無聊的我終日淨愛觀察哪一個女兒像男孩？哪一個較有女人味？哪一個不讓鬚眉？哪一個可以顛倒眾生？我常將機器人和洋娃娃同時給，決定做一個尊重性別發展的開明母親。然而年幼的女兒卻總是忽男忽女，一會兒玩家家酒、一會兒騎馬打仗，亂成一團，全然沒有章法。

罷了！罷了！還是陪她們聊天、說故事；幫她們洗澡、綁辮子。

前不久，幫大女兒梳頭髮，看到她一歲時撞破頭留下的疤，我問她：還記不記得這疤是哪來的？她說：記得，一歲時從床上掉下來撞的。又問她：記不記得還是小嬰兒時，媽媽為她唱的搖籃曲？她也笑著點頭，並且輕輕唱出那首我編的歌。

「妳真的記得？五個月大的時候，妳真的還有記憶？」

女兒說：「對啊，我記得。」

我想她的記憶並不是來自五個月大的腦子，而是因為我總是反覆幫女兒複習這些記憶，深怕她會遺忘。深怕我和她身上的這些連結，有一天不單只是剝落，還會隨風而逝。

這時，我突然想起母親流產的故事，木板床、電風扇以及廁所裡的紅麵團，那些虛構的畫面，就像電影一樣，一幕一幕流轉眼前。

忽然驚覺，會不會母親那時知道我將記得這個她曾經歷過的痛，以及那個無緣一見的二哥，並且幻想出二哥的模樣，一起活著。在她終會漸漸遺忘時，卻還有人能夠記得。

中性

比起初潮，對女人來說更不好啟口的，是更年。畢竟一個是步入，一個是淡出。形體雖在，但功能退散。女生寫初經的散文，多是懵懂無知的細述，一派天真爛漫，或幽默可愛，即便有告別童年的憂愁，仍有一種青春的嫵媚。

更年期就沒啥可說了，潮紅、盜汗、失眠、皮膚乾……，這些擾人的事，你自己煩惱就好，我們可不想與你分享。還好我這些症狀全無，只有月經的改變，從週期變短，再慢慢增長，到後來好久不見。但夜裡不再疼痛、冒汗，彷彿涓涓滴滴滲血的傷口，終於癒合。平平安安，慢走不送，我反倒覺得開心。人睡得極好，而且白白胖胖。

但這胖好像有點反常，這半年來胖得實在有點膨風。大學同學會時有人委婉探問：「妳是不是更年期了？我呢，大概三個月三公斤，這半年胖了六公斤。」這同學還稱不上胖，我一聽不得了了，趕緊承認是。

「記得要運動啊！」同學補上一句。

因為膝蓋不好，加上身體蓬鬆，就這樣我開始勤上健身房，跟著教練一起重訓。每次都腰痠背痛，但少吃多動，體力、體型和體重，真的有了改善。怪的是重訓一個月多，月經竟來了。難不成運動也會回春？

上網一查，停經後月經來潮，多半異常，可能子宮內膜病變，要趕緊看醫生。但也有意外，一篇文章寫著：一五十幾歲的婦人停經後又來，就醫後檢查無事，一問之下，她嬌羞地說：「可能最近談戀愛，因此回春了。」連醫生都讚嘆奇蹟。

我也感覺身體好端端，但我沒有戀愛啊。深蹲、舉重，汗流浹背，雖然又累又喘，但也不至於春心蕩漾才對。然而月經是否到達停經標準：一年沒來？

我因為太過開心，竟然傻傻弄不清楚。只好上醫院檢查清楚。

這醫生掛號的病人太多，我從上午排到下午，原因是每個病人一進去便是半小時。所幸我上午已經排到，很快下午就安排超音波，接著回門診看報告。

漫長的等候時光也不是無憂無慮，心想當個女人真是不好，所有的性器都可能出毛病。無性少煩憂，「本來無一物，何處惹塵埃？」

輪到我了，前一個阿婆仍抓著醫生不放，問股側為何長小肉芽？問夜裡頻尿怎麼辦？醫生說：「頻尿要看泌尿科。其他的，我說沒事妳也不信。」醫生笑笑地又說：「有些病人就是這樣，沒事喜歡東問西問，大概是來這裡聊天吧。」想想這些更年期婦人的心事，平時大概無人探問。阿婆彷彿聽懂了，拍了醫生一下：「三八！當然有事才來，沒事看什麼醫生！」

檢查報告真的沒事，醫生說：「妳身上雌激素少了，但仍有雄性激素，雄激素累積多了也會轉化成雌激素，加上動情激素刺激，所以又來了。現在乾淨了，可能不太會再來。」

「嗯嗯，我的動情激素應該不少。」為求合理性，我也不知道在說甚麼。但活得清心寡慾，確實也少了滋味。總之不必回診，真鬆了一口氣。

所以是我身上的「男人」加上七情六慾，一起湧上，讓我又成為女人？

從小我便一直覺得自己女性化的外表之下，躲著一個小男孩，既受人保護，卻不想太依附。小男孩漸漸長大，年輕時的我偶爾顯現一點霸氣，工作與戀愛皆不相讓。人到中年，便有人說這是豪氣了。我喜歡豪氣一詞，彷彿像俠女，又像《新龍門客棧》裡的金鑲玉。

我一直認為每個人或多或少有點中性，如彩虹之光譜。中性之散發，方顯獨特魅力。

百轉心思彈指過，我進出診間不到十分鐘。想想似乎太快了，不太放心，又進去問醫生：「所以我確定是更年期？而且沒事？」

醫生定定看了我一眼：「聽妳描述應該是吧。只要不胡思亂想就行了。」

小時候我一直希望自己是男生，但此刻真不希望身體裡的男人變大。還好鏡子裡的皮膚依舊Q彈，皺紋也看不出幾條，明天還是要繼續上健身房報到，不說其實沒人知道。我喜歡中性，巴不得擁有雙性的優點，但此刻明明白白知道，自己依舊是女人。

可不可以不吃苦？

剛上大學時，有個老師的話我深記至今。她說她始終懷疑「吃得苦中苦，方為人上人」這句話。「不吃苦無法成為人上人嗎？」她不認為成功就一定要吃苦，吃苦也不一定成功。她覺得快樂是件好事，聰明又用對方法，其實不必太吃苦。不過更殘酷的恐怕是：很多下層的人吃了許多苦也無法成為人上人。「不成功是因為懶惰不努力。」這是抹去很多現實問題的中產階級謬誤，也是我年輕時不懂的事。

老師的話之所以記憶深刻、啟迪心靈，是因為她打破陳俗、提出反思。高中時我喜歡讀一些哲普書，自認是伊比鳩魯的信徒，伊氏認為：「享樂乃是至善之事。」他同時提出完整哲理：當我們考慮一件事是否有樂趣時，必須同時斟酌它可能帶來的副作用。比如你把所有的錢拿來買巧克力吃，當巧克力吃光之後，你就知道什麼是「副作用」了，因此不要做會樂極生悲的事。在追求短暫快樂時，也必須考慮是否有其他方式可以獲得更大、更持久的快樂？於是自我的慾望必須加以節制，平和的心境可以幫助忍受痛苦。相信人死後沒有生命的伊比鳩魯認為：「神不足懼，死不足憂，禍苦易忍，福樂易求。」

總之「享樂主義」一開始並非自我放縱，和佛教所言的「離苦得樂」是相近的宗旨。而我則擅自將老師和我歸為同樣的信徒。

我甚至不認為要成為「人上人」，因為聯考壓力實在太大了，考上輔大的我當時應該屬於中上吧，安於自己的天份，我只想當個「人中人」就好。

如今回想，我真是太早「得道」了，伊比鳩魯和佛陀生長的時代要比我們苦多了，因此才發展出這些吻合人性的哲理。快樂學習固然重要，但我大概是沒有找到自己擅長且熱愛的事，試著去做一點點痛苦的努力。

要到很後來我才明白人類承受痛苦能力不凡，這點運動員和產婦大概最能體會。辣其實是一種痛感，咖啡也是苦中透甘。對許多人來說，吃辣喝咖啡早已是日常。耐著性子激烈運動後，來杯冰涼的啤酒，這正是村上春樹的小確幸。痛苦過後的快樂總顯得格外甜美。

對我而言，登山是痛苦的，但是躺在山上看星星應該是快樂的。閱讀於我是快樂的，寫書評卻有點痛苦，但寫完之後卻覺得因為反芻而更加滿足。

辛苦堅持會產生新的意義和領悟，這種滿足與快樂往往更持久、強烈。練習也會降低痛苦，重點是做這件事的意義。而過度追求快樂，快樂也會壞掉，成癮絕對是一種痛苦。

追求沒有痛苦的人生，其實多少不切實際。人生本是苦樂交織，一如榮格所說：「如果沒有悲傷與之平衡，『快樂』這個詞將失去意義。」快樂不是一個目標，它是踏實人生的副作用。

至於是「人上人」還是「人中人」，確實沒那麼重要。

未竟的哲學家

許多年前的一個黃昏，我接念幼稚園的大女兒回家，突然心血來潮問她：

「儀，妳有沒有想過人死了會怎樣？會到哪裡去？」

女兒回答：「人死了，會裝到一個大盒子裡去啊！」

「不，我不是這個意思。我是說妳有沒有想過，人死了會不會像妳現在一樣有感覺？如果有，會是怎麼的感覺？比如說，妳打死過螞蟻和蚊子，妳會不會想牠們死了和妳死了有什麼不一樣？」我不死心地繼續問。

女兒歪著頭想了想：「螞蟻死了，也是可以裝在盒子裡啊！」

我猜她並沒有想過生命存在的問題，於是又連問了幾個問題。像是：「太陽為什麼每天都出來？」「樹葉為什麼會掉下來？」

這幾個問題女兒統統有答案：太陽和月亮一直追著轉；樹葉則是要冬眠。第一個答案很有神話的味道；第二個則可能是她將老師說的動物冬眠聯想在一起。

我不清楚我心目中聰明伶俐的女兒是否想過這些問題，而自己想出了答案，但也可能從來沒想過這些問題。然而我清楚記得這些是我小時候常常思考的問題，雖然有些問題至今對我仍是無解。像是：人死了會不會有感覺？萬一死了就沒感覺又是什麼「感覺」？為什麼我生下是人，不是狗或是樹？宇宙到底有多大？

有些問題被人解答了：樹葉被牛頓的蘋果解決了。太陽和月亮的道理也被天文學家發現了。有些則託付給宗教和哲學來解答。可惜我想了這麼多年，始終沒有什麼大發現。

之後不久，我剛好翻讀《蘇菲的世界》，發現原來我是天生的哲學家性格。

我是誰？死亡的問題、世界從何而來？又何以存在？這真的是我小時候常常想的問題。哲學本是愛智之學，古代的哲學家往往也思考科學家的問題。

上小學之後，慢慢學到了先秦諸子以及古希臘哲學家的思想，大概主要鎖定在跟人有關的道理，或者是所謂的政治哲學了。我同時也喜歡天文與生物，長大後該當哲學家還是科學家？That is a question. 最後因為數學不夠好，而在高中時，選擇了文組。

只是當別人思考的是「如何活下去？」「如何活更好？」這些務實的問題時，我們這些「哲學家們」卻常把時間浪費在一些別人認為的「既定事實」上。

好比我先生雖然讀牙醫，但是思考存在的議題，對他而言實在毫無意義。他是個務實主義者，除了專業知識，他寧可研究股票及做菜，也不願意思考那些漫無邊際的宇宙秘密、生存意義。

我確實曾經想讀哲學系，甚至升大二時企圖轉到台大哲學系，但最後竟然是敗在我自以為的強項——理則學，哲學遂成了我的未竟之路。

只是性格天生，結婚不久後，我便整天想著：「婚姻制度的目的和意義是什麼？」「有沒有更好的婚姻制度？」有一次我靈機一動，想了個「五年或十年一聘」的婚姻制度，被老公笑白癡。他笑這個辦法我會吃大虧，因為他認為女人老了市場價值低，我則是覺得這辦法太功利，想想便算了。但後來竟然在妹尾河童所寫的《河童家庭大不同》中，看到他也提出「一年一聘的婚姻契約」，可見「哲學家」所思略同。而「實踐家」我先生只專注於賺錢養家，彷彿一夫一妻制天經地義。

總是想起米蘭昆德拉所引用的猶太諺語：「人們一思索，上帝就發笑。」那麼我大概是會被上帝笑死的那一個。但「哲學家們」思索的問題永遠是：「真的有上帝嗎？」

人生五十。六十。七十。

邁入五十歲時，我認識的某位男性朋友老成地說：「我們也到了知天命之年了。」了解天高地厚、自然界的道理，然後呢？意義很籠統，但大抵就是別跟老天爺爭，也不怨天尤人。而天命多少無常，人生不再一路往前，一些變故與死去，確實由不得自己，所以我輩開始懂得更加珍惜當下、懂得放下，但還是要認真過著每一天。

當然一部分過了五十的女生會遮遮掩掩，多少希望自己看起來像三、四十。張艾嘉拍《20 30 40》時，分明已經超過五十。不諱言我也屬於這一型，往好處想，愛美是天性，只要不要做太逆天的醫美，弄得皮笑肉不笑，希望自己年輕也很正常。不過心態上確實已經知天命，明顯有了不同。

孔夫子說：「四十而不惑。」但四十歲時我超困惑，覺得人生就要走下坡，卻還是「一事無成」，有人說這是「中年焦慮」，於是開始寫作、出來開書店。不過想想這也是一種「不惑」，明白自己的人生目標不只想當個主婦，想做的事不能再等，這十年於是過得精彩扎實。

人生到了五十，努力也努力過了，真的有了一些徹悟。到了此時知道斷捨離，更清楚哪些事情不適合自己。也更懂得珍惜，想多跟家人及朋友在一起。體力和記憶雖不如從前，但是我最喜歡現在的腦袋和態度，明白自己的能耐與限制，有一種「見山又是山」的體悟。

想想接下來「六十而耳順」聽起來更玄。有人說「耳順」是聽得進各種意見，能夠容忍「逆耳」之言。我覺得這點我應該沒問題！很早我就一直學習聽進不同的意見。用現在的說法是：突破同溫層。但「耳順」其實並不容易，好壞由人說，卻不動氣，是很高的修為。很多老人家其實是「耳背」，只是充耳不聞。所以就靜待自己那個時候可以納百川，又有好修為。

我自小最困惑的就是這一句：「七十而從心所欲，不逾矩。」人有七情六欲，如何能從心所欲而不逾矩？到了這個年紀，許多身上的毛病開始出現，我才知道重點不是後一句，還包括前一句。人到了七十歲，很多事都不聽使喚了，所以至少要健康才能從心所欲吧？想要爬山、衝浪、談戀愛，也往往力不從心啊。孔夫子的名言裡沒有提到健康，但卻隱藏了這個道理。

馬奎斯的《愛在瘟疫蔓延時》裡年邁的女主角費爾米納的女兒奧費莉亞大概四十幾歲，我想她有點中年焦慮，加上年輕時錯誤的感情，當她知道母親與阿里薩維持一種奇怪的友誼，便氣得暴跳如雷，她激動喊道：「我們這個年紀談愛情已屬可笑，到他們那個年紀還談戀愛，簡直是卑鄙。」可偏偏任何年齡的愛情都是合情合理。

「不逾矩」，聽起來當然很儒家。不過不逾矩的意義若不單解釋為「守規矩」，我想更重要的是不會麻煩別人，造成他人的困擾。

先健康才能快樂。這是人生下半場最重要的體悟之一。看看有人六十歲還跳街舞，看似「沒規矩」，但並不造成他人困擾。運動不是只能跳土風舞，散步或慢跑都好，也許等等就穿上運動鞋，出門跑步去。

清書與散衣

最近搬家，打理二十多年的家當，以為混亂不堪的家可以很快清出一塊淨地，其實不然。初期清掉的雜物，永遠只是冰山一角，奇奇怪怪的物件源源不絕地從櫃子裡吐出來。整理了好多天，地上堆放的東西看來少一些，除此之外，整個屋子看起來仍然疲憊。最頭痛的是書，先清理四散堆放在走廊地板和房間的書，最後客廳和書房的書架上的書再沒有時間細看了，搬家公司來的前一晚，全部打包上車。

怎麼捨？唉，這些書，讀了好幾遍還畫了線，丟掉像是狠心地拋棄了老伴。那些書，買了要看一直還沒看，丟了未免太可惜。可以下手的大概是那些讀了一半就不想讀的，但，要不要再給它們一次機會？就這樣，真正丟的書不多。分明自己開二手書店，看多了這些斷捨離。固然自己平時就會賣掉不要的書，但那些留在架上的啊，總是讓人猶豫再三。

這時先生不免嘲笑，誰叫妳買這麼多書？丟掉不捨，搬又辛苦。

買書真是一種執念，一點點虛榮、一點點癡情。我多少希望讓自己更博學、更聰明、更懂一些自己不懂的事。重新出土的還有許多ＣＤ和ＤＶＤ，許多電影沒看過，真是太驚喜。於是，那些留在腦裡忘不掉的，還來不及放進大腦的，全都打包帶走。

讀書、看片未必有大用，但光是這些書和電影，就可以讓人安養天年，想想就感到幸福。

再來是衣服。真沒想到剛出社會時的衣服還留到現在，美國留學時期的毛衣、洋裝也都還在，一件衣服是一個時代。好幾件衣服穿了三十年，但每年還是買下一堆衣服。於是塞爆了衣櫥，堆積成山谷。連捨不得丟的小孩衣服、鞋子也留了好幾件。

可是定眼一看，白色的衣服已經發黃，但那些沒有變形的衣服怎會是如此纖細的腰身？往身上一套，裙子拉不上來，外套扣不上鈕扣。嗚嗚，原來這二十年來變形的不是衣服，而是自己。

不管是多麼美麗的衣服，不必考慮，全都丟了或捐出去。這時該感謝二十年來累積的脂肪嗎？一口氣就斷捨離。人生最怕慢慢胖，年紀大了代謝慢，日子久了，便讓人失去了戒心。

我從來不是只重內涵不重外表的人，但搬了一趟家，悟出了一些道理：捨不捨得，有時由不得自己。散漫任性者如我，一切太隨興，所以留下來書、散掉了衣。要說衣不如書，內涵比外表持久，這時也是有點硬道理。

疲累地躺在床上想東想西，丟衣雖然極爽快，但果真要縱容脂肪如影隨形下去？我站上磅秤，沒想到這幾天少了兩公斤，我突然燃起信心，或許不該那麼散漫，也該跟脂肪來一場清算。

始於床而終於床

最近家中裝潢，小女兒跟設計師提出了一個「大膽」的要求：她只要床，不要桌子，一塊床頭延伸的平板就好，所有的工作：讀書、寫字、打電腦、甚至吃飯，一床搞定。原因是目前她房裡不只一張桌子，但她只用來堆放物品。除此之外，她還要一片白牆，用來跳舞倒立。女兒追求「極簡」，設計師最初很不解，最後還是硬在牆上設計了一個櫃子，櫃子中間拉開，便是活動的桌子，以備不時之需。

喜歡臥床的人常被視為懶人，走動不停的人才是勤奮的象徵。關於這種偏見，有位德國作家貝恩德．布倫納便寫了一本《躺下的藝術》，告訴你躺下不單是姿勢、更有許多藝術和哲理。「躺著就像是在濃霧中漫步，漫步之後我們的思緒會加倍明晰。」舒國治有一篇〈賴床〉，也說明這種昏昏默默，朦朦朧朧之際，「使人隱隱然想要創作。」

這是真的！很少人在忙著說話、上網聊天、拚命勞動時，想到創作的點子。不一定要躺著，但很多人都同意在閱讀、上網找資料、聊天之外，一定要有靜止的空檔才能思考消化，我的寫作點子一半以上都是在床上想到的，另一半則在洗澡、搭車發呆看窗的靜止狀態產生。布倫納也說：正因為米開朗基羅經常躺著，才會想到在西斯汀教堂的天花板上，畫出天堂才能上演的上帝英雄劇《創世紀》。普魯斯特也是因為躺著，才能寫出《追憶似水年華》。

走動的人生才積極？看看我小女兒也可得到反證，她或許不算勤奮，但是不時趴在床上看電腦哈哈大笑，趴著吃飯也算平穩迅速，基本上我認為她還算樂觀進取。更何況除了躺著，站著時她是個熱舞高手。

我自己也喜歡躺，小時候讀金庸小說，沒有一本不在床上完成。此外躺著時視線有限，思考才能集中，所以許多點子才能在床上誕生。

躺著浪費時間？說不定沒有「浪費時間」這種事。除了睡覺，分娩、做愛和死亡，這三件人生大事，很少人站著，往往是躺在床上做的。

偉人睡得少？拿破崙一天只睡三小時，小時候我非常羨慕，因為我一天必須睡足七小時，現在反正當不了偉人，就覺得那是他家的事。一些歷史人物睡眠短，科學家估計這種短眠基因的人大約占百分之一。亞洲人的睡眠時間大多是七個半到八個半小時，說起來我就是正常的一般人。

一日之初始於床，一日終了也是走向床。如此躺下來，也就理直氣壯、毫無罣礙了。

老派與老花

老派是一種浪漫，其實老花也是。

「老花」又分兩種。一種是老來眼花，一種是老來花心。前者誠屬自然，後者頗有危機，但兩者都存在著浪漫。

有人說，少年得志、中年失業、臨老入花叢，是人生三大不幸。其實除了中年失業，前後兩者都還是有種快意。只是老來戀愛，多半搞得妻離子散或是人財兩失。而且臨老入花叢，很難拉得回頭。或許正如馬奎斯的《愛在瘟疫蔓延時》所寫：「離死亡越近，愛得就越深。」倘若人生是一趟旅行，越是接近終點，越是讓人奮不顧身、一無所求。或是像渡邊淳一的《失樂園》，男女帶著各自的絕望與不幸，在愛情中尋找一種純粹，以及義無反顧的解脫。且不論道德與智慧，少了得失算計的黃昏之戀，確實更接近愛情的本質。

當然這種老花也可能伴隨著眼花。好比曾有人稱那突如其來的戀人是「天上掉下來的禮物」，寧可放棄政治前途與糟糠之妻。雖然有人讚嘆這是「不愛江山愛美人」的浪漫行徑，但不久「禮物」卻成了會咬人的妖婦，該立委在記者會上露出大腿的傷痕，悔不當初。愛情物轉眼成空，也成了一場訕笑。

且不再多說老來花心的浪漫與感傷，我其實覺得老花眼也是一種浪漫。以前看得清楚的東西變得模模糊糊，因為太模糊，所以很多事都不那麼計較在乎。好比拍照，處女座的我，過去總是挑剔再三，現在別人拿著手機照片讓我確認，反正只是一團人影，我總是閉著眼點頭說好看。

人一旦變得柔軟，大家便覺得妳浪漫。且因為老花看螢幕久了容易眼花，所以當別人低頭狂滑手機，我常常是拿著書。這年頭紙本是種浪漫，於是老花成就了一種老派的浪漫。

說到底，老派是一種不合時宜，浪漫是感情用事。反正、老了、眼睛花了、趕不上別人的拍子，所以就閉著眼、順著性子去吧。也許是談一場轟轟烈烈的戀愛，也許是實現年輕時的夢想。幾年前我重返校園，到花蓮東華讀華文創作，倒不是為了碩士學位（我已經有了一個），只是為了讀自己感興趣的科系，還有重拾當學生的滋味。後來有個比我年長多歲的理財書作者，也跑到台藝大讀電影去了。說起來都是一種任性，也需要一點勇氣，而這些不是浪漫，什麼是浪漫？

老了趕不上年輕人的腳步，所以我開始散步，一開始只是想讓自己動一動，而最近更練起了跑步，好像是有點不服輸啊。但是離開電腦、離開書桌，讓雙腳多踏一點泥土，眼睛多看一點風景，跑步對我來說是一種新潮，但也是一種老派。村上春樹在三十三歲那年，寫完《尋羊冒險記》後，因為戒菸而體重增加，為了減肥，他開始跑步。從那以後，他就不停地跑，每天幾乎都能跑上十公里。跑步是一種自討苦吃，但是覺得自己一點一點進步時，卻湧出了一股甜蜜。跑步絕對是一種堅持。

當然老派也可能是一種堅持，這種堅持本身就帶著甜蜜。比如李維菁寫著：「帶我出門，用老派的方式約我，在我拒絕你兩次之後，第三次我會點頭。不要MSN敲我，不要臉書留言……你要打電話給我，問我在三天之後的週末是否有約，是不是可以見面。」並且你要穿上襯衫，把鬍子刮乾淨，穿上灰色的開襟毛衣還有帆船鞋……我要穿上天藍與白色小點點的圓裙，芭蕾平底鞋，綁高我的馬尾……這樣的文字節奏總讓我想起電影《Singing in the Rain》，而畫面則像是《羅馬假期》裡的葛雷哥萊畢克和奧黛麗赫本。

又或者想起侯孝賢電影《最好的時光》裡的那段〈戀愛夢〉，彈子房裡的紮著馬尾的舒淇、少年張震的情書，還有那首〈Rain and Tears〉。

其實每次想起這些文字、畫面和聲音，總會勾起我的少女心。少年如你也許已經不知道這些電影了，而我則好怕，好怕這種老派情懷終會消失不見。

老派也是一種懷舊。比如我有個老朋友，他不太用臉書，但也不發LINE

的長輩圖，他真正喜歡的，是約幾個同學見面開同學會。網路時代，筆談已經是常態，但他還是喜歡面對面說話的老派。也許是為了讓人看見他保養得宜，也許是因為過了中年，總覺得朋友是老的好。和老同學或朋友見面，總有一種時光重疊的奇妙感。我同他有些舊感情，所以每次見面還隱隱有點少女情懷，雖然這只是我一個人的浪漫。我一個女性摯友嘲笑我是半百少女心，可是我把這種感覺當成是我的抗老童顏針。

也許老派的浪漫不需要是炙熱的愛情，可以是細水般的友情。無緣成為愛人，倒是可以聊聊彼此家人。可能是因為到了一個年紀後，更懂得珍惜。一點點花心，大概也可以保持年輕。人生難得，想想見一次面，便少了一次，久久見一次，就抱著一期一會的心情吧。

不管青春還在不在，有些事情成了一種固執。好比說，我不能接受有了年紀的女人，就少了害羞與矜持。男人老了就可以油膩和噁心，大概也是所謂的老派。

有些老派，則有點可愛。比如我忘了戴老花眼鏡在健身房的休息區裡讀書，教練說我瞇起眼睛的樣子很可愛。雖然值得高興，但切記不要太開心。

還有，我總覺得女人慢慢有了年紀，不要再追求暴露式的性感了，要和年輕美眉比辣，往往慘不忍睹。中年女子可以多一點優雅或幽默，等到成了老太太時，又可以變得很可愛。與其拚了命當醫美魔女，還不如讓自己看起來自然且自信。不知道這樣的想法，算不算老派？

我意識到自己的老派，大概是從開始老花的時候；我也不覺得自己浪漫，直到別人說我依然有點少女。且不管是懷舊、堅持、固執、可愛，還是不合時宜，我都會帶著我的老派和老花，一步步繼續往前。

中間的人

作者　石芳瑜

社長　陳蕙慧
副總編輯　陳瓊如
行銷企畫　陳雅雯、尹子麟、余一霞、洪啟軒
封面繪圖　葉懿瑩
校對　魏秋綢
排版　宸遠彩藝

讀書共和國集團社長　郭重興
發行人兼出版總監　曾大福
出版　木馬文化事業股份有限公司
發行　遠足文化事業股份有限公司
地址　231 新北市新店區民權路 108-2 號 9 樓
電話　（02）2218-1417
傳真　（02）2218-0727
Email　service@bookrep.com.tw
郵撥帳號　19588272 木馬文化事業股份有限公司
客服專線　0800-221-029
法律顧問　華洋國際專利商標事務所 蘇文生律師
印刷　呈靖印刷股份有限公司
初版一刷　2020 年 06 月 03 日

定價　350 元

國家圖書館出版品預行編目

中間的人 / 石芳瑜著 . -- 初版 . -- 新北市 : 木馬文化出版 :
遠足文化發行 , 2019.06
面；　公分
ISBN 978-986-359-789-6（平裝）

863.55　　109004302